dtv

Julie Estève

Ich, Antoine

Roman

Aus dem Französischen
von Christian Kolb

dtv

Die Arbeit des Übersetzers am vorliegenden
Text wurde aus dem Elmar-Tophoven-Mobilitätsfonds
der Robert Bosch Stiftung und des
Deutschen Übersetzerfonds mit einem Arbeits-
und Rechercheaufenthalt im Centre des
Récollets in Paris gefördert.

FSC
www.fsc.org
MIX
Papier aus verantwortungsvollen Quellen
FSC® C083411

Deutsche Erstausgabe
Die Originalausgabe erschien 2018
unter dem Titel ›Simple‹ bei Stock in Paris

Gesetzt aus der Slimbach
Satz: Fotosatz Amann, Memmingen
Druck und Bindung: CPI books GmbH, Leck
Gedruckt auf säurefreiem, chlorfrei gebleichtem Papier
Printed in Germany · ISBN 978-3-423-28271-0

Antoine Orsini ist tot, und es war nicht die Hitze, die ihn umgebracht hat. Gartenkräuter, Bougainvilleen, Blätter von Zitronenbäumen, Menschen, alle krümmen sich unter der sengenden Sonne. Der Pfarrer leiert träge seine Sprüche herunter, und die Leute schlagen mit dem Weihwasserwedel das Kreuz über dem Sarg. Langsam gehen sie hinter dem Kasten her, der von vier Männern getragen wird. Von oben sieht die Trauergemeinde aus wie eine schwarze Schlange, die die steinigen Gassen hinaufkriecht. Sie biegt in den auf der Bergspitze gelegenen Friedhof ein. An dessen Ende eine Schlucht gähnt. Alte Eisenkreuze ragen schräg in den Himmel. Der Tod ist ein sich aufrichtender Jagdhund, der Ehrfurcht gebietet. Die Gesellschaft beugt sich weit nach vorn, fast wie Michael Jackson in dem Musikvideo zu *Smooth Criminal.*

Die Kiste fährt in die Grube, die Trauergäste werfen Erde auf das helle Holz. Sie schauen hinunter ins Loch und stellen sich vor, wie sie selbst einmal kreuz und quer in ihren Familiengräbern liegen werden. Es ist still. Seltsam still. Die Vögel und der Wind schweigen, während die Versammlung ihre geheuchelten Tränen vergießt. Endlich sind wir ihn los, denkt sie.

Die alte Biancarelli tritt ans Grab, schwarz gekleidet, langer Rock, schlichte Bluse, flache Schuhe, Kopftuch. Sie hat etwas von einer verschlissenen Puppe aus einem vergangenen Jahrhundert, die ihre kalten tiefblauen Augen aufschlägt. Sie beugt ihre knöchernen Beine, kniet nieder, die faltigen Hände ins dürre Gras gestützt. Sie räuspert sich und spukt ins Erdloch.

Reden wir nicht davon, wie Antoine zu Tode gekommen ist. Was ihn umgebracht hat. Tauchen wir ein in die Düfte von Macchia und Oregano und hören die Stimme eines Menschen, der für manch anderen oder sogar für alle anderen überhaupt kein Mensch war.

1

Die andern würden garantiert bloß Abfall sehen in dem kaputten Plastikstuhl, den ich neben der Mülltonne von der Wirtschaft aufgegabelt hab. Die haben halt null Fantasie! Aber wenn ich mir den Sprung in der Sitzfläche anschau, seh ich den San-Andreas-Graben drin! Genau so stell ich mir den San-Andreas-Graben vor! Auf die Idee würden die andern nie kommen, dass der sich mal auftun kann und die Welt wie n Kartenhaus zusammenfällt, dass es n Erdbeben gibt, alle Häuser einkrachen, Straßen und Brücken in Stücke fliegen, dass die Leute in nen Mordsabgrund gerissen werden! Auf die Idee, dass es mit Kalifornien, Google und weiß der Geier was, womöglich mit der gesamten Menschheit vorbei sein könnt, dass alle den Löffel abgeben, verbrennen, in den Abgrund stürzen und zerquetscht werden, und dass das Meer sich auftürmt, ne riesige Flutwelle, höher wie n Wolkenkratzer, übers Land schwappt, die Scheiben von den Wolkenkratzern platzen und n Splitterregen runterprasselt. Auf die Idee, dass es tierisch rundgehen könnt! Da würd dann aber n starker Mann auftauchen, mit nem Bizeps, so dick wie normalerweise n Oberschenkel, und nem Body wie ne Backsteinmauer, n Muskelmann, der unbedingt seine Frau und sein Kind retten will. Is nich grade zimperlich, dieser Schrank, steigt in Hubschrauber, Flugzeuge, Schiffe, Laster und steuert alles mit links, heißt Dwayne Johnson, der mutige

Kerl, hab ihn gesehen, letzte Woche, in der Ellipse in Ajaccio, ich hatt zwar kein Geld fürs Kino, aber hab an der Kasse ne Show abgezogen, und die Frau hat mich reingelassen! Dafür muss ich ihr jetzt was Kleines schenken, vielleicht nen Blumenstrauß, in der Macchia gibts ja massig Blumen, braucht man sich nur mal zu bücken, darüber würd sie sich bestimmt freuen, Frauen mögen Blumen, und ich würd mich als echter Gentleman erweisen! Außerdem hat sie schöne dunkle Augen und nen großen Busen. War schon n Ereignis, der Busen von der Frau an der Kasse, aber auch der Film, *San Andreas*, das Erdbeben, die Spezialeffekte, Naturkatastrophen haben die Amerikaner voll drauf, da kann man nix sagen.

Steh verloren mit meinem Stuhl in der Sonne rum, die mir aufn Schädel knallt, aber is mir egal, wenn ich nen Sonnenbrand krieg oder wahnsinnig werd in der Hitze, genieß es, dass ich meinen Frieden hab, während die andern in ihren Kojen liegen, in ihren Schaukelstühlen wippen und Siesta machen! Hör bloß das Brummen von den Fliegen und Hornissen, sonst is es still, die Insekten habens gut, die werden in Ruhe gelassen.

Pflanz mich aufn Stuhl, klemm mir dabei dämlicherweise meine weite Hose in dem Sprung in der Sitzfläche ein, zwickt am Popo, ich komm gar nich mehr hoch, muss lachen, krieg nen Schluckauf davon, wein Tränen vor Lachen, psst, psst, leg mir zur Ermahnung den Finger aufn Mund, hilft aber nix, machts bloß noch schlimmer, psst, darf hier nich so viel Lärm veranstalten, damit weck ich die andern auf, und dann schimpfen sie wieder, halt die Klappe, Spasti! Das sagen sie oft zu mir, aber ach, die haben auch noch andre Ausdrücke für mich! Hab mir mal ne Liste davon gemacht, in meinem Heft, gehen ja auf keine Kuhhaut, diese ganzen Ausdrücke, und dann hab ich sie rumgebrüllt, die Ausdrücke, wie blöd, als ob ich mit ner Schrotflinte rumballern würd. Da hat die Luft gebrannt. Hab ich immer noch, die Liste!

Stell meinen Stuhl vor der Schule auf, die seit Ewigkeiten zu is, wo schon lang keine Kinder mehr im Hof kreischen. Erinnert mich immer an Madame Madeleine, der Anblick von der Schule. Läufts mir kalt den Buckel runter, wenn ich an sie denk. Versuch deswegen, nich so viel an sie zu denken, aber ich hab n unglaubliches Gedächtnis und erinner mich an alles. Wie ich dreizehn bin und Kopfläuse hab. Das juckt, ich kratz mich die ganze Zeit, es bilden sich auch so komische Krusten, die Viecher habens sich richtig gemütlich gemacht. In der Schule mag keiner neben mir sitzen, ich hock mit Magic, meinem besten Freund, der in echt Philips heißt, in der letzten Reihe. Hab ihm den Namen gegeben, wie ich ihn das erste Mal gesehen hab! Er is ganz klein und hat lauter Bläschen. Wir haben nen Fensterplatz, von wo aus man die Bäume angucken und hören kann, wie der Wind rauscht.

Die andern halten sich die Nase zu und sagen mir, dass ich stink, Läuse hab und später mal Penner werd, weil ich jetzt schon so nen Geruch verbreite und immer Dreck an den Füßen und unter den Fingernägeln hab. Ich geb zurück, dass sie früher oder später alle sterben werden und dass sie dann selber nich mehr so gut riechen, wenn sie aufm Friedhof um die Ecke vor sich hin gammeln, da heulen sie ganz schön rum, weil sie Angst vorm Tod haben und nich von Maden und Würmern gefressen werden wollen. Rücken sie mir aufn Pelz.

Du stinkst wie n Iltis!, rufen sie.

Iltis, das klingt doch an sich hübsch. Magic und ich wollen den andern auch Tiernamen geben. Noëlle hat so hängende Augen und das Gesicht voller Sommersprossen: Noëlle, die Muräne!

Noëlle, die Muräne!, plärr ich.

Alle lachen, bloß Noëlle nich, die kann Fische nämlich nich ausstehen. Sie schüttet am nächsten Tag die Parfümflasche von ihrer Mutter über mir aus, und ich duft wie n Mädchen, der Hammer! Klebt mir nen Kaugummi in die Haare, den ich nich mehr rauskrieg, ich schau mich aufm Klo im Spiegel an, die weißen Fäden sehen wie n Spinnennetz aus, ich lach mich schief, kann mich gar nich mehr einkriegen, und die andern auch nich.

Einmal hab ich tote Fliegen gefressen. Die andern haben sie mir in meinen Fiadone reingetan, ich dacht, es wären Schokokrümel, hab den Unterschied überhaupt nich mitbekommen. Bei uns im Pausenhof steht ne Pinie, ich schnüffel das Harz, weil ich genauso riechen mag wie der Baum. Ich zertrümmer die Zapfen mit nem Stein und futter die Kerne. Liebe die Kerne, aber wenn man sie zu lange in der Hand gehalten hat, schmecken die wie Teer. Dauert lange, bis man den Geschmack im Mund wieder loswird. Die andern spielen Fangen, und auf einmal rennen sie alle zum Baum!

Alle aufn Iltis!, schreit Noëlle.

Die trampeln auf mir rum und spucken mich an, ich bin gar nich drauf gefasst. Irgendwann läutet die Pausenglocke. N Esel trottet langsam daher und guckt mich so mitleidig an, dass mir fast die Tränen kommen. Esel gucken aber immer so. Er bleibt stehen und glotzt mich an. Möcht ihn streicheln, aber hab keine Kraft zum Aufstehen. Muss pinkeln, also pinkle ich halt in die Hose. Roll mich aufm Kies zusammen und schlaf in Nullkommanix ein. Madame Madeleine rüttelt mich wach, ihre Hände sind so glatt wie die Steine ausm Fluss. Ihr Gesicht ist total verheult, aber sie lächelt. Sie bringt mich zu sich nach Haus, wo alles tipptopp aufgeräumt is. Tipptopp aufgeräumt und picobello sauber. Sie zieht mich nackig aus, oho, mein Schniedel baumelt in der Luft! Steckt mich in die Badewanne, rubbelt mich mit nem Schwamm ab und wäscht mich mit Lavendelseife. Begutachtet die blauen, gelben und braunen Flecken auf meinen Armen und Beinen, an Bauch und Rücken. Nimmt n weiches Frotteehandtuch und reibt mich trocken. Ich male nen Baum aufn Spiegel, der beschlagen is vom weißen Badewasserdampf. Drunter schreib ich mitm Finger: *Madlène*. Sie küsst mich auf die Stirn, kämmt mich mit ihrer Bürste und schneidet mir mit der Schere n paar fette Büschel Haare ab, weil der Kaugummi einfach nich rausgeht! Die Büschel liegen verstreut am Boden, erinnern mich an die Bergminze, die an den Felsen wächst.

So, mein Junge, geschniegelt und gebügelt!, verkündet sie.

Mein Junge, sagt sie. Geht und kommt mit ner alten Hose von ihrem großen Sohn zurück, die ich probieren soll. Darf sie behalten, geschenkt! Danach bin ich für die andern in der Schule nich mehr der Iltis, nich mehr der mit den Läusen, sondern Antoine. Muss keine toten Fliegen mehr fressen. Beim Essen erzählt mir Madame Madeleine Geschichten von griechischen Göttern und Göttinnen, bringt mir richtig Zählen und Lesen bei und redet mir zu, dass ich meine Hefte immer ordentlich führen soll, schaff ich aber nich so gut. Erklärt mir Sachen, von denen die andern keine Ahnung haben. Irgendwann is ihr auf einmal das Herz stehen geblieben, und seitdem gibts niemanden mehr, der mit mir im Lexikon liest und mich anständig frisiert. Hab erst mal geheult. Den lieben langen Tag. Bloß geheult. In der Macchia, aufm Weg zum Lac de Tolla, im Tante-Emma-Laden von der alten Biancarelli, vorm Bürgermeisteramt, im Pausenhof, in der Kapelle, an der großen Kreuzung, am Strand, aufm Klo, beim Klettern in den Bäumen, wahrscheinlich fällt mir grade gar nich alles ein, wo ich überall geheult hab!

Ich besuch oft das Grab von Madame Madeleine und schmücks mit Strohblumen, Madame Madeleine hat nämlich Blumen verdient, die lange halten. Das is zwar recht sinnlos, wo sie doch tot is, aber Blumen sind immer noch besser als gar nix, find ich.

2

Stell den Stuhl nich mehr bei der Mülltonne ab, ich nehm den jetzt mit. Bloß weil er kaputt is, heißt das noch lang nich, dass er zu nix mehr zu gebrauchen is. Die andern, also die mit der fetten Kohle, werfen ja immer alles gleich weg. Is ihnen egal, wenn sie das Geld aufn Kopf hauen, macht ihnen sogar Spaß, glaub ich, die habens ja, die hängen an nix, für die hat nix nen Wert. Aber ich heb alles auf, schmeiß nix weg, und mit dem Stuhl hab ich was Bestimmtes vor. Wenn ich traurig bin, setz ich mich einfach auf die gesprungene Sitzfläche, das wird garantiert wieder lustig!

Ja, weiß schon, wie ich mich beschäftig!

Gehört jetzt mir, der Stuhl! Mir! Werd gut auf ihn aufpassen. Muss ihn schnell nach Haus schaffen. Darf bloß nich am Fenster von der alten Biancarelli vorbeikommen!

Ist gefährlich, wenn ich an ihrem Fenster vorbeikomm!, sag ich zu meinem Stuhl.

Macht mich sofort zur Schnecke, wenn sie mich irgendwo sieht! Hat mich aufm Kieker, seit der Geschichte mit ihrer Tochter.

Ihre Tochter war Florence. Florence Biancarelli! Sie hatte bloß n kurzes Leben, weil sie mit sechzehn gestorben ist, das heißt, sie war eigentlich schon fast siebzehn. Hat immer mit den Katzen gespielt. Hat sie auch mit Milch und Schinkenspeckschwarten oder Hühnerhäuten versorgt. Hat die Katzen aber nicht davon abgehalten, die Mäuse zu jagen! Von denen gibts hier jede Menge, schwarze, gelbe, weiße und graue Mäuse, also alle Arten von Mäusen, die meisten haben Flöhe, manchen fehlt n Auge, ihnen is der Schwanz abgerissen oder n Ohr abgebissen worden, und sie stinken.

Florence war n richtiger Star, aber bloß bei uns im Dorf. Außerhalb vom Dorf, im Fernsehen und in der großen weiten Welt, hat sie kein Mensch gekannt. Die anderen Mädchen haben sie immer nachgemacht. Haben sich genauso angezogen wie sie und wollten die gleiche Frisur haben. Aber bei den hässlichen Mädchen haben die gleichen Klamotten und die gleichen Frisuren ganz anders ausgesehen. Florence angucken war ungefähr so wie in die grelle Sonne schauen. Ich hätt jedes Mal heulen können.

Aber wie ich sie dann in dem Pinienwäldchen gefunden hab, war sie überhaupt kein Star mehr! Magic hat neben ihr gelegen, frag mich, was sie dem noch verzapft hat, der hat danach keinen Piep zu mir gesagt! Hab die Kleine jedenfalls kaum wiedererkannt, hat sich angefühlt wie ne Wachspuppe.

Hat ganz eingesunkene Augen gehabt!, sag ich zu meinem Stuhl.

Das Ganze war an nem Donnerstag vor neunundzwanzig Jahren. 1987. Is also schon ne Weile her. Die Sache mit Florence ist das Schlimmste, was mir je passiert ist. Die andern sagen, dass ich schuld bin an ihrem Tod, dass ich n Stück Dreck bin und man mir die Eier abschneiden sollt!

3

Leise, auf Zehenspitzen, mitm Finger aufm Mund, schleich ich durchn Garten von Noëlle, psst, bloß kein Mucks, psst, bloß nich lachen. Die Terrasse von Noëlle, der Muräne, is super, die schönste im Dorf, liegt direkt dem Berg gegenüber! Der Berg is ne wellige grüne Fläche mit grauen Flecken, das sind die Felsen. Hab meinen Stuhl dabei, logisch. Leg den Arm um ihn, und wir genießen zusammen die Aussicht.

Is besser als Fernsehen!

Brauchen keinen Strom. Noëlle hockt hier oft am Abend, wenn die Sonne untergegangen is. Manchmal heult sie ganz schön rum. Heult tierisch rum. Dann läuft ihr voll der Rotz aus der Nase. Florence, Florence, wimmert sie die ganze Zeit leise vor sich hin.

Die Berge erinnern mich an Vanina, meine Frau. Hab einfach ne blühende Fantasie. Im Bergrücken seh ich ihren Rücken und drunter ihren Popo.

Da is der Rücken, und da der Popo, erklär ich meinem Stuhl.

Aufm Dorffest vor vier Jahren hab ich zum ersten Mal mit Vanina geredet. Seitdem verwöhn ich sie, bring ihr jede Woche Blumen, hab ich versprochen. Und ich halt Wort!

Aufm Dorffest vor vier Jahren hatt ich meinen ärmellosen Anorak an, muss man sich nämlich in Schale schmeißen für solche Anlässe. Stütz mich mitm Ellbogen aufn Tresen und will saufen wie n echter Mann. Hab bloß keine Kohle. Da steht allerdings n Glas rum: also ex und hopp! Mit den andern Gläsern, die offensichtlich keinem Schwein gehören, mach ichs genauso. Is heiß, alle schwitzen. Die Alten schauen den jungen Hüpfern beim Tanzen zu. Ziehen Stofftaschentücher aus ihren Hosentaschen und tupfen sich damit die Stirn ab. Denken dran, wie sie selber noch jung waren und das Tanzbein geschwungen haben. Oder vielleicht denken sie auch an gar nix, die Alten.

Die alte Biancarelli denkt hundertpro an was! Sitzt unter ner Buche aufm Plastikstuhl, wie dem, den ich jetzt hab, bloß ohne Sprung. Qualmt eine blaue Gitane nach der andern, weißer Rauch und n Cowboygeruch steigen auf. Sie redet mit dem Baum. Mit dem Baum! Reibt ihre Stirn an der Rinde. Horcht am Stamm: Versucht, die Stimme von ihrer toten Tochter zu hören!

Der Blick von Florence is ins Leere gegangen, wie sie und Magic total versaut in dem Pinienwäldchen gelegen haben! Nich mal mehr die Zehen von der Kleinen haben sich bewegt. Hab sie angeredet, aber die hat überhaupt keinen Ton mehr von sich gegeben. Hab bei ihr an den Füßen killekille gemacht, aber die hat nich angefangen zu lachen! Irgendwann hab ich sie gepackt und geschüttelt. Die war ganz schlaff und voller Blut! Hab ihr den Finger in den Mund gesteckt, weil ich mir dacht, vielleicht beißt sie ja zu, aber nö, sie hat nicht zugebissen! Hab ihr ins Ohr geschrien, was sie offenbar null gejuckt hat. Mir is der Schweiß ausgebrochen, und der war salzig wies Meer. Florence hat nämlich dermaßen nach Schlachthof gestunken, Florence, die sonst so nen guten Lavendelduft verströmt hat, an der ich immer so gern gerochen hab. Was danach passiert ist, weiß ich nich mehr, mich hats wohl umgehauen. Wie ich wieder zu mir gekommen bin, hatt ich mir in die Hose gemacht und war überall mit Scheiße angeschmiert.

Bin aufm Dorffest und total blau, in meinem Kopf dreht sich alles. Ursprünglich wollt ich ja Alkoholiker werden, aber so weit hab ichs nich gebracht. Man muss sich am Anfang echt zwingen zu dem ständigen Trinken. Ist hart, Trinken, wenn man gar keinen Durst hat! Und kost auch noch Geld. Säufer trinken eben, damit das Leben und die Langeweile vergehen.

Aber mir is nie langweilig!

N paar stämmige Burschen singen im Chor. Paghjella, todtraurige korsische Musik. Die verschiedenen Stimmen vermischen sich, und ich seh wieder Madame Madeleine vor mir, ihr Lächeln, ihre sanften Hände, die weißen Haare und das schwarze Kleid mit den Vögeln drauf. Hab Gänsehaut, das ganze Dorf treibt im Fluss von der Musik und wiegt sich in Gedanken an seine Toten. Die alte Biancarelli steht abseits bei der Buche und weint sich fast die Augen aus.

Florence, mein Kind, jammert sie.

Vanina drängt sich in nem großgeblümten Kleid durch die Menge und rempelt Noëlle an, die ihr Gesicht in den Händen vergräbt. Weint um die Kinder, die sie nie gehabt hat, Noëlle. Kann keine Kinder kriegen, die Muräne! Ihre Gebärmutter is unfruchtbar, haben die Ärzte gesagt. War n Schock für sie, hat ihr wehgetan innerlich. Bricht seitdem jedes Mal in Tränen aus, wenn sie ne schwangere Frau sieht oder ne Mutter mitm Baby aufm Arm, obwohl sie mittlerweile sowieso zu alt is zum Kinderkriegen! Reicht auch schon, wenn ne dicke Frau auftaucht, die überhaupt kein Kind hat, sondern bloß nen fetten Bauch, weil sie das nämlich dran erinnert, dass sie unfruchtbar is.

Hat alles versucht. War erst beim Pfarrer und dann bei ner Teufelsaustreiberin, die Öl in Wasser geträufelt und nen Berg Heilkräuter angezündet hat. Sie hat n spezielles Ritual gehabt, bei dem sie vor nem Ei gesessen und dazu Gebete hergesagt und Weihrauch gestreut hat. Aber das Ganze hat nich hingehauen, und inzwischen is sie alt geworden. Sie hat ne komisch gerunzelte Stirn. Sieht aus wie n zerknittertes Blatt. Oder n abgestorbenes Blatt. Sie kann ihr Leid nich mehr ertragen. Beschimpft jeden, der ihr übern Weg läuft, und macht ständig Rabatz. Ich glaub, sie hat den bösen Blick, deswegen pass ich auf, dass ich ihr nich zu nahekomm. Wenn ich ihr begegne, spuck ich aufn Boden und zeig ihr die Hörner.

So wehr ich den Zauber ab!, sag ich zu meinem Stuhl.

Aufm Dorffest schubst Noëlle Vanina, weil die sie vorher ja angerempelt hat, und kippt ihr n Glas Rotwein übers großgeblümte Kleid. Drecksnutte!, zischt sie. Die stämmigen Kerle brechen ihren Gesang ab, weils auf einmal ne Keilerei gibt und Stühle und Fäuste durch die Gegend fliegen. Die Leute hören mit dem Weinen auf und stürzen sich ins Getümmel. Alle mischen mit. Is ne Frage der Ehre.

Pierre, mein Bruder, is auch so einer, der pausenlos seine Ehre verteidigt. Manchmal schießt er jemandem mitm Karabiner in den Hintern, bloß weil der irgendwas gesagt hat, was ihm gegen den Strich gegangen ist. Wir treffen uns gar nich mehr. Und wenn wir uns doch treffen, dann zufällig. Der zieht sich ne Kapuzenmaske über, damit ihn die Polizei nich erkennt, und lauert mit seinen Freunden irgendwelchen Typen auf, die sie dann fertigmachen. Sprengen auch mal das Polizeirevier, ne Bank, das Gebäude von der Stromversorgung, nen Zeltplatz, die Kaserne oder n Haus von nem Zugereisten in die Luft. Wollen sich Respekt verschaffen, spielen die starken Männer, wie in den Mafiafilmen. Sind politische Aktionen, sagen sie. Ab und zu geht aber auch einer von ihnen drauf, weil sie die Bombe schlecht gebaut haben oder sich nich einig sind und sich deswegen gegenseitig abmurksen. Vor den Bars und Diskos oder in irgendwelchen Autos werden laufend Leute abgeknallt. Und weil unsere Insel ja nich so wahnsinnig groß is, gibts in so gut wie jeder Familie einen, der sich wegen nem unaufgeklärten Mordfall in der Verwandtschaft Rache geschworen hat. Die Witwen von den toten Männern und die Mütter von den toten Söhnen weinen bis ans Ende ihrer Tage. Na ja, die Schweine werden auch abgeschlachtet, weil man an den Schinken rankommen will, aber bei den Menschen kann man halt nich noch mal von vorn anfangen und die durch andere ersetzen. Hab mal ne Leiche gesehen, bei der das Gehirn in seine Einzelteile zerlegt war, da hab ich gleich kotzen müssen. War der Cousin von nem Kerl, der bei uns im Dorf wohnt, also n ziemlich entfernter Cousin, aber seitdem will der Kerl rausfinden, wers war, und den Hurensohn umlegen. Hats bloß noch nich rausgekriegt.

Ich werd den Hurensohn umlegen!, meint er.

Vanina is aufm Dorffest hingefallen, wahrscheinlich wegen ihren hohen Absätzen. Ich heb sie auf wie nen Stein.

Ihr Haarknoten hat sich aufgelöst, das Kleid ist total versaut! Wir seilen uns von der Schlägerei ab und schauen die Berge an. Bin besoffen, sagt Vanina, und Noëlle hat nen Dachschaden.

Die spinnt, sagt sie.

Vanina sieht wirklich zum Anbeißen aus. Wie ne Frau auf nem Kinoplakat. Blauer Lidschatten und Rotweinspuren an den Lippenrändern, dazu rote Fingernägel.

Siehst aus wie ne Frau auf nem Kinoplakat!, sag ich zu ihr.

Nimmt sie meine Hand, ich guck ihre roten Fingernägel an und krieg nen Steifen, ohne dass ich was dafür kann. Mein ganzer Körper brennt wie ne Gaslaterne in der Nacht. Vanina verbreitet nen Bäckereigeruch, der Hunger macht.

Nett von dir, dass du das sagst, meint sie.

Und dann fängt sie an zu weinen und erzählt mir, dass ihr alle immer ihren Schniedel reinstecken wollen und dass sie ihn auch reinstecken, sie aber nich mehr das Flittchen vom Dienst sein mag. Am Anfang schmieren sie mir immer Honig ums Maul, sagt sie, und freuen sich, dass sie nich allein nach Haus gehen müssen! Hab nix dagegen, wenn sie mir nen Geldschein dafür geben, da is doch nix Schlechtes dabei, von meinem Gehalt bei Carrefour kann ich mir keine Schuhe für hundertfünfzig Mäuse kaufen, von dem Geld können der Kleine und ich grade zwei Wochen leben, und Klamotten sind nun mal mein Laster, aber sich elegant kleiden, das ist einfach wichtig für n Mädchen! Und Noëlle, ich halt die nich mehr aus, die ist doch geistesgestört, reif für die Anstalt, ach, die Weiber sind sowieso noch schlimmer als die Typen, siehst du, wie die mich angaffen, diese Neiderinnen! Weil mein Busen so schön fest ist, und schau mal meine Beine an! Diese Weiber sind seit Ewigkeiten nich mehr gevögelt worden! Die sind frustriert! Eigentlich wären sie viel lieber so richtige Schlampen! Aber was haben die denn für n Bild von mir? Ich will doch nur nen netten Mann heiraten, der mein Kind lieb hat, als wärs sein eigenes, und n ganz normales Leben führen, mit nem Mann, der mir ab und zu Blumen mitbringt … Und du, du bist überhaupt nicht böse, hör nich auf das, was die andern reden, lass dir nich alles gefallen, ich, ich glaub ihnen die Geschichten sowieso nich, die sie erzählen, du bist unschuldig, das sieht man doch, so einen wie dich bräucht ich, so nen Netten! Wir könnten zusammenziehen, Vanina und der Dorftrottel! Das wär das perfekte Paar, stell dir das mal vor! Und dann lacht sie irgendwie komisch.

Mein Rüssel ist so hart wie n Stück Holz, und mir tun die Eier weh. In meiner Unterhose krachts, die Soße läuft raus. Meine Hose is ganz nass! Vanina zündet sich ne Zigarette an und gibt mir Geld.

Hol mal was zum Trinken, sagt sie.

Schwing ich die Hufe und renn so schnell ich kann zum Dorffest, wo mittlerweile wieder super Stimmung is, als ob gar nix gewesen wär. Die Tanzbären sind los. Schwenk die Arme und brüll in die Runde.

Zwei große Bier für mich und meine Frau!

Schallendes Gelächter allerseits! Lach ich mit, weils ansteckend is. Der Einzige, der das Ganze nich so lustig findet, is mein Bruder Pierre, der is nämlich auch da und schwitzt wie n Schwein. Die andern stellen mir haufenweise Fragen zu meiner Frau, ob sie aufm Bauernhof lebt, ordentlich behaart ist, pralle Zitzen hat, gute Milch gibt und so.

Is deine Frau vielleicht ne Ziege?, fragen sie.

Nö, nö, keine Ziege, sag ich.

Was n dann?, fragen sie. Wie viel hat sie gekostet? Hast du dir den Schniedel gewaschen? Is sie überhaupt volljährig? Wie alt is sie? Was stellst du mit ihr an? Na los, sag schon! Ich schau meinen Bruder an, sein Kopf is knallrot. Wenn er nen Wutanfall kriegt, vergeht einem das Lachen. Is kein Spaß, sich mit ihm anzulegen.

Schluss jetzt damit, basta! schreit er.

Basta!, schreit er noch mal.

Die andern hören mit ihren Mätzchen auf und machen keinen Mucks mehr. Sind bestimmt eifersüchtig, weil ich n Mädchen hab. Auf einmal steht die alte Biancarelli von ihrem Stuhl auf und bewegt sich, auf ihren Stock gestützt, langsam vorwärts, alle fragen sich wohl, was sie jetzt vorhat! Versucht, mir mitm Stock aufn Kopf zu hauen, aber kommt nich ran, weil der Stock anscheinend schwer is wie n Esel. Schiebt den Unterkiefer vor und geifert mit ihrer rauen Stimme, dass ich n Drecksungeheuer bin und den Tod verdient hab.

Deine Schuld!, keift sie.

Da kommts mir hoch. Schlucks aber wieder runter! Nehm die Beine untern Arm und düs wieder zu Vanina, aber die Nacht is so finster, ich seh fast nix. Vanina steigt grade in nen Mercedes mit Pariser Nummernschild ein, ich fetz hinterher, bin bloß nich schnell genug. Meine Frau is weg. Früher hätt ich mir das Kennzeichen auswendig gemerkt, hätt ich den Burschen aufgegabelt und ihm das Leben zur Hölle gemacht! Hab diese Pariser nämlich zum Kotzen gefunden! Bis ich im Gefängnis Saguézé kennengelernt hab.

Tomasine, meine Schwester, is mit achtzehn nach Paris gegangen. Hat verkündet, sie wird dann mal Nachtclubsängerin und Tänzerin. N Star wie Jeane Manson, bloß halt dunkelhaarig. Vorm Spiegel hat sie schon mal fleißig geübt, mit der Haarbürste. Hat sich mordsmäßig aufgebrezelt, die Hüften geschwungen und *Faisons l'amour avant de nous dire adieu* geträllert, den Riesenhit von Jeane Manson. Pierre hat gemeint, dass sichs grauenvoll anhört, aber ich fands schön, sogar noch besser als Jeane Manson! Bravo!, bravo!, hab ich gebrüllt, und Tomasine hat sich gefreut, dass ihr jemand Mut macht. Papa war auch nich grade begeistert davon, dass sie wegzieht.

Na gut, schwirr ab und spiel in Paris die Nutte!, hat er geschimpft.

Danach war Paris n schlimmes Schimpfwort bei uns zu Haus. Jedes Mal, wenn wirs in den Mund genommen haben, haben wir aufn Boden gespuckt.

Die Pariser sind Schweinehunde!, hat Papa gepoltert.

Pierre war ganz seiner Meinung, und ich hab mich der Meinung von Pierre angeschlossen, alle haben sich ihr angeschlossen. Die Pariser sind meine ärgsten Feinde geworden, das is die Schuld von meinem Vater! Feinde geben dem Leben nen Sinn, wenn einem sonst keiner einfällt. Die einen haben die Schwarzen zum Feind, die anderen die Frauen, die nächsten die Araber, die Schwulen, die Juden oder diese Heinis aus Bastia, ich könnt jetzt ne endlos lange Liste aufzählen. Der Clou daran is, Feinde sind immer andre Menschen. N Baum zum Beispiel kann nie der Feind sein. Ich hab zumindest noch nie gehört, wie jemand gesagt hat, mein größter Feind is n Feigenbaum!

Mit Magic bin ich oft losgezogen und hab aus den Tanks von den Autos mit Pariser Kennzeichen Benzin abgepumpt! Hab gepumpt, was ging! War ja wohl das Mindeste, dass die Schweinebacken ne kleine Kurtaxe bei mir berappten! Außerdem hab ich Eier von meinen Hühnern in der prallen Sonne verfaulen lassen und mich damit dann an den günstigen Stellen im Gebüsch verschanzt. Die Pariser haben doch ständig angehalten, weil sie unbedingt die Landschaft oder die Schweine fotografieren mussten, die auf der Straße vor sich hin gedöst haben. War n großer Spaß, die Pariser mit faulen Eiern zu bombardieren, die waren ziemlich leicht zu treffen. Da haben sie aber schnell die Kurve gekratzt! Ratzfatz vom Acker gemacht haben die sich! Und fast in die Hose geschissen haben sie sich vor Angst!

Na ja, inzwischen hab ich meine Meinung über die Pariser geändert, nachdem ich im Knast gesessen hab, weil ich Florence was ganz Schlimmes angetan hab, wie der Richter gemeint hat, und dort Saguézé kennengelernt hab. Knast is furchtbar, furchtbarer als der Tod. Wünsch ich niemandem, dass er im Knast sitzen muss.

Nich mal meinem ärgsten Feind!, sag ich zu meinem Stuhl.

4

Seh zu, dass ich schleunigst wegkomm von der Terrasse von Noëlle, muss meinen Stuhl in Sicherheit bringen und aufpassen dabei, dass ich nich auf frischer Tat ertappt werd, wie ich den Stuhl klau, sonst stecken die mich wieder in den Knast! Darf nich so viel an den Knast denken, weil mir dann die Sicherungen durchbrennen, ich nen Schreikrampf krieg und blau anlauf. Merk schon, wie ich schwitz. Fühlt sich ganz nass an in meiner Hose, die andern würden sagen, ich hab wieder reingepinkelt. Zum Glück is die Hose gelb!

Das kommt von den starken Gefühlen, hat der Arzt im Gefängnis mal gesagt.

Irgendwann werd ich kein Spasti mehr sein! Irgendwann werd ich für die anderen Antoine Orsini sein. Ich werd n cooles Image haben, man wird mich beneiden, wie 1983, als ich für alle noch der Glücksbringer war!

Antoine, bist unser Glücksbringer, haben sie gerufen.

1983 war ich dreißig. Ich dacht, n Glücksbringer is die Kühlerfigur von nem Oldtimer. Hätt nicht gedacht, dass auch n Mensch n Glücksbringer sein kann. Hab ich einfach mal im Lexikon nachgeschlagen. Da stand die Erklärung, n Hufeisen zum Beispiel. Es konnt also nich jeder n Glücksbringer sein! Hab mir alle Wörter, die irgendwas mit Glück zu tun hatten, in mein Heft geschrieben, alle, die mir eingefallen sind, gleich nachm Aufstehen hab ich geschrieben, trotz Bullenhitze, Wörter wie Schraubenzieher, Ei, Berg, Pinienzapfen, Stein, Baum, Sonne, Schraube, Mofa oder Ayrton Senna. Ayrton Senna war der Beste! So was wie n Gott, oder sogar besser als Gott, dafür gibts Beweise.

Ich war dreißig und hab gar nix gemacht. Bloß den ganzen Tag mit Magic und meinem Mofa, nem Peugeot 103, in der Werkstatt rumgehangen. Wir waren ständig zusammen. Magic und ich haben tolle Streiche gespielt. Wir waren immer einer Meinung, war ganz praktisch. Alte Freunde eben! Magic is der Einzige, dem ich blind vertrauen kann. Er versteht mich einfach, wir brauchen uns bloß anzuschauen. Wir waren nie voneinander getrennt, außer in der Zeit, wo ich im Gefängnis war. Aber wie ich nach fünfzehn Jahren rauskam, hat er schon dagestanden und auf mich gewartet.

Hatte sich null verändert!, sag ich zu meinem Stuhl.

In der Werkstatt haben wir meistens voll laut Radio gehört. Wenn das Lied über Bob Morane gelaufen is, bin ich rumgesprungen und hab mit den Armen gewedelt. Aber von *Ne me quitte pas*, wos dauernd hieß, man muss vergessen, alles, was war, vergessen, hab ich Bauchweh gekriegt. Ich kann nämlich überhaupt nix vergessen. Hab n irrsinniges Gedächtnis. Und je älter ich werd, desto mehr staut sich da an, desto vollgestopfter wirds!

Die Tür von der Werkstatt steht sperrangelweit offen. Ich schau in den Sonnenuntergang. Am andern Ende der Welt geht dieselbe Sonne jetzt grade auf. Hab Tränen in den Augen. Wunderbarer Anblick, ich stopf mir n paar

Chips rein. Seitdem Tomasine weg is, gibts bei uns nur noch Chips, Dosenfutter und Tütenfraß. Papa säuft Wein. War schon immer so, hat noch nie was andres getrunken. Die Leute sagen, er is der größte Säufer im ganzen Dorf. Sein Bauch is so ne Art Weinfass!

Papa, ich bin n Glücksbringer!, sag ich zu ihm.

Haut er mir volle Kanne mit der Faust in die Magengrube, dass ich gar keine Luft mehr krieg.

Halt die Schnauze, fährt er mich an.

Die andern warten am Dorfeingang auf mich. Mädchen, Jungs, Kinder in kurzen Jeanshosen, alle sitzen sie aufm Granitmäuerchen und warten auf ihren Glücksbringer! Winken mir, wenn ich mit meinem Mofa volles Rohr angerauscht komm. Lass es beim Bremsen profimäßig aufstäuben. Und schau mir dann die Spuren an.

Bring den andern jeden Abend ne Plastiktüte mit Sachen, die eigentlich erst ab achtzehn sind. Zigaretten und Dosenbier. Das Geld, von dem ichs kauf, is nicht meins. Verteil das Zeug wie Bonbons. Als würd ich meine Hühner füttern. Die andern mit ihren weichen Beinen und ihren Babygesichtern kommen mir wie Stoffpuppen vor. Sie rauchen und trinken, auch die ganz Kleinen! Hin und wieder muss einer brechen und geht dann nach Haus.

Das war ne lustige Zeit!, sag ich zu meinem Stuhl.

1983 hatt ich nen Haufen Fans! Der größte war Yvan Castelli. Ich nenn ihn immer bloß den Außerirdischen, weil er so n rundes Gesicht und nen Hühnerhals hat. Er is klein und sieht aus wie E. T., hat aber unfassbare Sachen im Kopf, er kann zum Beispiel mathematische Formeln auswendig. Will ne ganz bestimmte, jahrelange Ausbildung aufm Festland machen und Fernmeldetechniker werden.

Is mein großer Traum, Fernmeldetechniker werden, hat er gesagt.

Na Hauptsache, was zum Melden!, hab ich drauf gesagt.

Das war n cooler Abend, alle haben den Außerirdischen verarscht. Der war damals total verschossen in Florence Biancarelli. Flo war dreizehn, hat Indianerzöpfe und Rüschenröcke getragen, und ihr Busen is immer größer geworden. Er hat nie mit ihr geredet, weil er zu aufgeregt dazu war, dabei war er immerhin schon achtzehn. Aber irgendwann hat ers sattgehabt, pausenlos nen Bogen um sie zu machen, und hat n Gedicht für sie geschrieben. Auf rosarotem Papier! Hat gezittert, wie er den Zettel aus der Tasche gezogen hat und ihn ihr geben wollt. Da hab ich ihn mir zum Spaß geschnappt, den Zettel! Bin überall damit rumgerannt! Und hab ihn vorgelesen! Mit den entsprechenden Betonungen und so!

Mir wird ganz komisch im Kopf,
wenn ich dich sehe mit deinem Indianerzopf.
Ich schreibe dir dieses Gedicht,
um dir zu sagen: Ich liebe dich.

Der Außerirdische hat versucht, mir den Zettel aus der Hand zu reißen, is an mir hochgehüpft und -gesprungen, aber er war nun mal zu winzig. Sein Gesicht ist lila angelaufen: wie ne Feige.

Halt die Klappe, verdammt! Halt die Klappe, du Idiot!, hat er geschrien.

Danach wollt er mir noch mitm Fuß in die Eier treten, hat

aber schlecht gezielt und voll gegens Granitmäuerchen getreten. Hat er ganz schön aufgeheult. Florence hat geschaut, ob sie ihn n bisschen aufheitern kann, aber er war untröstlich. Hat seinen Kummer mit vier Bieren runtergespült. Aber wenn wir älter sind, werden wir Mann und Frau, hat er gemeint. Nö, nö, hat Florence gesagt, und dann hat er solche Tabletten geschluckt, die blöd machen, und wär fast in der Klapse gelandet.

Florence war n Mädchen, das einen komplett um den Verstand bringen konnt. Wenn die Jungs sich mit ihr unterhalten haben, waren sie immer wahnsinnig lieb und haben dabei so ausgesehen, als ob sie irgendwie Hunger hätten. Haben dauernd an ihr rumgefingert, haben ihre Schulter angetatscht, sie um die Hüfte gefasst, ihre Hand genommen und ihr Küsschen auf die Backe gegeben. Die Kleine konnt man stundenlang anglotzen, es wurd einem nie langweilig. War, als ob n fernes Land auf einmal zum Greifen nah wär, man brauchte gar nich mehr wegzufliegen. Alle haben sie von oben bis unten angegafft, sie war unsere Dorfschönheit. Wenn sie angetanzt is, waren die anderen Mädchen plötzlich bloß noch Luft oder so was wie Komparsinnen in nem Film.

Flo hat keinen Vater gehabt, oder besser gesagt, kein Mensch hat gewusst, wer ihr Vater war! Sie war ungeklärter Herkunft, also zur Hälfte! Hat geglaubt, ihr Vater is bestimmt n Fernsehstar, n berühmter Sänger oder Alain Delon, das hat sich laufend geändert, kam drauf an, wer von denen grade Urlaub auf Korsika gemacht hat. Der Dorftrottel is aber wirklich dumm wie Stroh, haben die gesagt. Der bringt keinen graden Satz raus, dafür pinkelt er gern in die Briefkästen. Deswegen is die Post immer nass und stinkt!

Die wollten mir den Schniedel abschneiden!, sag ich zu meinem Stuhl.

Als Vater von Florence is so ziemlich jeder infrage gekommen, aber die alte Biancarelli hat sich nie drüber ausgelassen. Die hat ihren Schnabel gehalten, aber manchmal hat sie ihn auch weit aufgerissen. Hat hinter meinem Rücken mit den andern über mich getuschelt. Hab die Ohren gespitzt, damit ich aufm Laufenden bleibe.

Man kann das nicht heilen, hat sie gemeint.

Alle haben mich für krank gehalten und sich Sorgen um ihre Kinder gemacht, wegen der Ansteckungsgefahr.

Das is ja furchtbar!, haben sie gerufen.

Nach der Geschichte mit den Äpfeln waren sie alle stinksauer auf mich und haben mich nich mehr als ihren Glücksbringer angesehen! Die Apfelbäume standen bloß noch nutzlos in der Gegend rum. Der Außerirdische hat sich ein Bier nachm andern reingeschüttet, und Florence hat so getan, als würd sie das gar nix angehen.

Ich brauch hier mehr Action!, hat der Außerirdische gegrölt.

Also haben wir n paar Räuberleitern gemacht, und die Kleinen sind auf die Bäume geklettert. Die haben die Äpfel gepflückt, bis keine mehr da waren! Wir haben alle auf einen Haufen gelegt. Der Geruch von nem Berg Äpfeln, den muss man mal eingeatmet haben. Dann haben wir Mannschaften gewählt.

Der Außerirdische gegen den Glücksbringer!

Alle wollten in meiner Mannschaft sein, Florence auch!

Wir haben die Äpfel auf die zwei Gruppen verteilt und sind in die Schlacht gezogen. Wir waren Soldaten, haben Krieg gespielt, wir haben uns gegenseitig beschossen.

Wir waren Helden!, sag ich zu meinem Stuhl.

Man musste in Deckung gehen und im richtigen Moment losschlagen, wie im Film! Es gab auf beiden Seiten Gefangene. Die Äpfel lagen überall zermanscht am Boden. E. T. hat mich pausenlos bombardiert. Florence hat nen Apfel voll an den Kopf bekommen. Hat hinterher n blaues Auge gehabt. War das n Spaß! Wir haben uns gekugelt vor Lachen. Florence hat aber auch gelacht. Hat sogar geweint vor lauter Lachen. Der Außerirdische hat die Gunst der Stunde genutzt, hat sie gedrückt und ihr zärtlich über die Zöpfe gestrichen, anschließend sind wir nach Hause gegangen.

In der Nacht hatt ich dann nen Traum. Bin nackig durchs Pinienwäldchen am Fluss gelaufen. Der Fluss war gelb, und es gab überhaupt keine Strömung. Waren Fische drin, aber auch Frauen, die unter Wasser geschrien haben. Kreischende Mütter, die wegen mir verreckt sind. Hab Jagd auf Wildschweine gemacht und eins mitm Hammer erledigt. Hab die ganze Zeit bloß auf dieses Schwein eingehauen. Hat geblutet, das Schwein. Wie ich aufgewacht bin, war ich ganz nass geschwitzt.

Am nächsten Tag war wegen n paar zertrümmerten Autoscheiben im Dorf die Hölle los. Der Besitzer von der Obstplantage is anscheinend ausgerastet, wie er gesehen hat, dass wir seine Bäume abgeleert haben! War halb Pariser, oder zumindest kein richtiger Korse wie ich, insofern war mir das Ganze wurscht. Aber der hat sich beim Bürgermeister und bei den andern Erwachsenen beschwert, die dann alle bei mir aufgekreuzt sind. Damals hab ich von so was noch Magenkrämpfe gekriegt.

Jetzt langts, Antoine, du spielst nich mehr mit den Kleinen!, haben sie gesagt.

Die alte Biancarelli hat Florence am Ärmel hinter sich hergezogen.

Schau, was du angerichtet hast!, hat sie gebrüllt.

Dabei hatt ich Florence doch gar nich getroffen, sie war ja in meiner Mannschaft gewesen. Damit hätt ich ja meiner eigenen Mannschaft geschadet! Ich hatt nen ganz schönen Kloß im Hals, die alte Biancarelli hat mitm Finger auf mich gezeigt, und die andern haben alle den Mund gehalten. Bloß Florence hat mir mit ihrem blauen Auge zugezwinkert. Wie sie weg waren, hat mich Papa zur Schnecke gemacht.

Hat mir viermal mit der Faust ins Gesicht geschlagen!

Die Apfelschlacht war der Höhepunkt von meiner Laufbahn als Glücksbringer. Weiß nich, ob sich so was noch mal wiederholen wird. Danach war am Granitmäuerchen tote Hose. Nich mal mehr der Außerirdische hat vorbeigeschaut. Und ich hab bei der alten Biancarelli kein Bier mehr gekriegt. Durft ihren Tante-Emma-Laden überhaupt nich mehr betreten.

Du setzt hier keinen Fuß mehr rein!, hat sie mich angefaucht.

Bin aber der Glücksbringer!, hab ich gesagt.

Hat sie mir die Tür vor der Nase zugeknallt. Meine ganzen Fans waren auch auf einmal über alle Berge. Außer

Magic, der is halt ne treue Seele. Hab mich gefragt, was ich jetzt anstellen soll! Hab n paar Runden mitm Mofa gedreht. Und mir dann die Spuren angeguckt, die ich gemacht hab. Mein Kopf hat geglüht. Tierisch geglüht. Bis bloß noch Holzkohle übrig war! War echt außer Rand und Band, mein Kopf, und is dann ans Mäuerchen gerummst. Einmal. Zweimal.

Dreimal!

Is mir Blut aus der Nase gelaufen. Alles war irgendwie krumm und schief, bloß die Bäume haben noch gerade gestanden. Die Bäume, die Grashalme und die Blumen. Die haben in die Luft geragt. Bin ich aufs Mäuerchen gestiegen. Und hab geschrien. Hab meinen Rüssel rausgeholt und hab runtergeschifft!

Florence hat mir dabei vom Fenster aus zugeschaut und winke, winke gemacht.

Hat mich zu sich hergewinkt.

Also bin ich in ihren Garten gefetzt. Sie hat gemeint, ich soll mal den großen Feigenbaum hochklettern.

Na komm!, hat sie gerufen.

Bin ich halt raufgekraxelt, damit wir besser reden können. Ich wie aufm Hochsitz! Sie hat ihr Transistorradio angedreht, sodass wir Musik hatten wie im Lokal, und dann hat sie mir genau erzählt, wies sein wird, wenn sie irgendwann ihren Vater wiedersieht, er wird mitm Motorrad anrauschen, toll schaut er aus mit seinen langen schwarzen Haaren, die er zu nem kleinen Pferdeschwanz zusammengebunden hat, sie würden an der Plage d'Argent spazieren gehen, unter den Pinien, und er würd die gleichen Augen haben wie sie, blaugrünbraun, sie is ihm garantiert wie ausm Gesicht geschnitten! Er würd beim Anblick seiner Tochter in Tränen ausbrechen, aber sie würd am Anfang trotzdem n bisschen zickig sein, sie würden sich in n Strandcafé setzen, sie würde nen Pfefferminzsirup nehmen und er n Bier, ein Pietra, sie würden n Eis essen, n Mr. Freeze Orange oder n Calippo Zitrone, da war sie sich noch nich sicher, nach ner Weile würd sie nüchtern fragen, warum er sie als Baby verlassen hat, und er würd kleinlaut sagen, ich musste weg, in n fernes Land, weil ich in nem Abenteuerfilm mitgespielt hab, aber dann hab ich Schwierigkeiten bekommen, gesundheitliche Probleme, wir haben nämlich im Urwald gedreht, und ich bin von ner Königskobra gebissen worden, das is die giftigste Schlange auf der ganzen Welt, man geht normalerweise drauf, wenn man von ihr gebissen wird, aber ich bin wie durch n Wunder am Leben geblieben, jedoch hatte das tödliche Gift für viele Jahre mein Gedächtnis ausgelöscht, für total viele Jahre, dreizehn Jahre, um genau zu sein, und das is der Grund, warum ich nich früher gekommen bin: Ich hatte das Gedächtnis verloren!

Am Ende würd er sie in den Arm nehmen, und dann würd er auf sein Motorrad steigen, er hat nämlich noch was Geschäftliches zu erledigen, aber er würd versprechen, sie wieder zu besuchen, und aus Spaß aufn Boden spucken.

Zum Schluss hat Florence immer schneller geredet, weil im Radio n Lied von ner Sängerin gelaufen is, die anscheinend Bronchitis gehabt hat.

Das is Bonnie Tyler, *Total Eclipse of the Heart*!, hat sie gerufen. Das is super!

Sie hat auswendig mitgesungen, aber bei ihr hats ganz anders geklungen als im Original. Hab ihr ne Feige an den Kopf geworfen, damit sie mit dem Gesinge aufhört. Hat sie sich gekugelt vor Lachen und auf ihrem rosa Teppich gewälzt. Hat zur Musik gewippt, mit ihren Zöpfen gespielt und ihren Rüschenrock ausgezogen. Ihre Beine waren nackt, und sie hat ne weiße Unterhose angehabt. Sie hat ihre Unterhose am Bettgestell gerieben und mich dabei angeschaut. Ich hab aufm Baum gesessen und echt lachen müssen. Aber dann is die alte Biancarelli reingekommen, weils Radio so laut war und Florence aus vollem Hals *Total Eclipse of the Heart* gegrölt hat. Bin ich mal lieber in Deckung gegangen. Wie die Alte wieder weg war, hat Florence gelächelt, sich ausm Fenster gelehnt, den Finger aufn Mund gelegt, pssst, weil wir zwei jetzt n Geheimnis hatten.

5

Bevor ich nach Haus geh, zeig ich meinem Stuhl das Granitmäuerchen, damit er sich von meinen Erinnerungen n besseres Bild machen kann. Womöglich is er ja nie aus der Wirtschaft rausgekommen und hat von der Welt überhaupt nix gesehen! Mein Fall wär das nich, dauernd bloß rumstehen wie er. Ich lauf jeden Tag fünf Stunden durch die Macchia, wies mir gefällt. Lauf auch die Straßen lang und durchn Wald. Guck mir die Bäume, Kaktusfeigen und Steine an und denk mir, dass sie alle gut miteinander auskommen. Hab ich vermisst, das Ganze, wie ich im Gefängnis war, da war bloß Beton um mich rum.

Im Gefängnis siehst du nix von den Bergen!

Die Sonne knallt aufs Mäuerchen. Brennt, wenn mans anfasst. Die Sonne is n Teufel, aber ich fürcht mich nich mehr vor ihr, hab mich dran gewöhnt wie ne Schlange. Schweiß rinnt mir in die Augen, seh alles verschwommen. Der Stuhl schmilzt fast. Genieß die Ruhe, während die andern Siesta machen.

Gleich nach der engen Kurve, da fängt das Dorf an.

Meine Heimat!

Bei dem Gedanken daran könnt ich gleichzeitig kotzen und scheißen. Irgendwann zünd ichs an, das Dorf, dann is es endlich weg. Von der Landkarte gestrichen! Hol mir aus der Werkstatt nen Kanister voll Benzin, das ich aus den Tanks von den Autos abgepumpt hab, und schütts auf die Häuser drauf! Dann mach ich n Streichholz an und wumm!, steigen die Flammen auf, mindestens zehn Meter hoch, Panik bricht aus, man ruft die Feuerwehr, aber es is zu spät! Es brennt! Es brennt!, schreien die Leute, die zerlaufen wie Wachs. Ihre Schreie wird man bis hinter die Berge hören! Und ich werd aus der Ferne beobachten, wie sie hilflos rumrennen, auf der Suche nach Löschwasser, wie sie aber keins finden, vom Feuer geschluckt werden! Und verkohlen! Das wird hinterher n schönes Leben, wenn ich sie nich mehr hören und sehen muss, wenn sie nich mehr auf der Straße, vor ihren Häusern und in ihren Gärten stehen … Und die Überlebenden werden nach dem Brand komplett entstellt sein! Verbrennungen zehnten Grades werden die haben! Auf einmal wird man gar nich mehr erkennen können, wer wer ist!

Da werd ich mir nen Ast lachen!, sag ich zu meinem Stuhl.

Ich zeig ihm, wo früher die Telefonzelle gestanden hat, die sie verschrottet haben, weils ja jetzt Handys gibt. Hab geschrien und um mich geschlagen, wie sie die abtransportiert haben. Wollt sie mit nach Haus nehmen, aber die andern haben gemeint, kommt nich infrage! Die haben sie aufs Müllauto geladen. Hab nen Magenkrampf gekriegt, wie ich das mit ansehen musst. Die Telefonzelle und ich, wir hatten ne lange gemeinsame Vergangenheit. Kannten uns seit 1985!

1985 war ich zweiunddreißig und so was wie n Leuchtturmwärter, bloß eben bei uns im Bergdorf. Hab den ganzen Tag mit Magic bei der Telefonzelle gesessen und notiert, wer wann telefoniert. War ne Heidenarbeit! Donnerstag, 11. Juli 1985, drei Uhr nachts: Dominique Casanova ruft anscheinend seine Geliebte an, obwohl er doch verheiratet is. Steht alles in meinem Heft. Er is offensichtlich betrunken, weil er so in den Hörer brüllt und dabei wahrscheinlich noch glaubt, er redet ganz leise. Kann sich immer umsonst volllaufen lassen, ihm gehört schließlich die Wirtschaft im Ort. Er is ne Arschgeige. Noëlle, die Muräne, is seine Frau. Hat nich bloß ne Gebärmutter, die nix taugt, hat auch keine Ahnung, dass ihr Mann sie betrügt. Aber ich weiß genau, wen Doumé da mitten in der Nacht anruft! Und bald werdens alle wissen!

Ich verbring ne Menge Zeit in der Telefonzelle. Kann kostenlos telefonieren, weil sich der Außerirdische mit solchen Sachen auskennt. Irgendwann is er einfach bei mir aufgetaucht und wollt was trinken.

Wärst du gern Pirat?, hat er gefragt.

Logisch!, hab ich gesagt.

Dann kommen wir ins Geschäft, hat er gemeint.

Okay, hab ich gesagt.

Du behältst für mich Florence im Auge, und dafür darfst du umsonst telefonieren, kapiert?, hat er gemeint.

Er war so verrückt nach der kleinen Biancarelli. War richtig schlimm. Und is immer schlimmer geworden. Schlimmer ging eigentlich gar nich mehr!

In Ordnung!, hab ich gesagt.

Hat er sich ohne zu fragen ne Flasche von meinem Vater genommen und sie sich hinter die Binde gekippt. Hat mir was von nem Teil erzählt, das er gebaut hat, und dabei Wörter benutzt, die die meisten Leute bestimmt nich kennen würden. Hat mir ne unglaubliche Geschichte erzählt. Dass 1957 n blinder Junge in Amerika die Sprache von den Telefonen gelernt hat, dass er irgendwelche Pfeiftöne von sich gegeben und so ne Nummer gewählt hat, dass er dadurch immer umsonst telefonieren konnt! Ich hab erst gedacht, der Außerirdische macht nen Jux, nen Fernmeldetechnikerjux, aber war gar kein Jux, der Außerirdische hat gesagt, ich schwörs dir. Also bin ich zur Telefonzelle gefetzt und hab gepfiffen. Pfeiftöne von mir gegeben. Ne halbe Stunde lang hab ich ins Telefon reingepfiffen, aber kein Schwein am andern Ende der Leitung. Wie ich wieder nach Haus bin, hat sich alles gedreht in meinem Kopf, war recht lustig, E. T. hatt sich derweil noch ne Flasche aufgemacht und war tierisch abgefüllt von dem Wein von meinem Vater. Hat das Thema gewechselt, hat nur noch von Florence und dem Zungenkuss geschwallt, den sie ihm gegeben hat, n paar Tage zuvor bei der Kapelle. Hat bloß noch diesen Kuss im Kopf gehabt, konnt gar nich mehr aufhören, davon zu reden. Hat die ganze Zeit gesagt, dass sich keiner an sie ranzumachen braucht, sonst würd er den Typen gleich umlegen, er würd sowieso jeden kaltmachen, der es versucht!

Is meine Braut!, hat er geplärrt.

Irgendwann is er nach Hause getorkelt, Rausch ausschlafen und so. War n super Abend, bloß Papa war stinksauer, weil der Wein futsch war. Hat er mich ganz schön verdroschen. Der Außerirdische is n echter Freak und n wahrer Freund, ne Woche später hat er mir nämlich das Teil mitgebracht, das er gebaut hat, und erklärt, wies funktioniert. Von da an hab ich gratis telefoniert!

Vergiss nich, was wir ausgemacht haben, hat er gesagt.

Roger!, hab ich gemeint.

Am Anfang hab ich dagestanden wie n Hornochse, wusst überhaupt nich, wen ich anrufen soll. Habs einfach bei irgendwelchen Leuten ausm Telefonbuch probiert, hab Hallihallo, scheiß Pariser! in den Hörer gebrüllt und wieder aufgelegt. Später hab ich mir komische Namen rausgesucht, also so was wie Herr Nulpe oder Frau Dödel, hab dann aber kein Wort rausgekriegt, weil ich mich so scheckig gelacht hab, kann man sich ja vorstellen. Manche haben halt Pech gehabt, die kommen schon mit nem Schaden auf die Welt. Irgendwann hab ich mir gesagt, eigentlich kann ich ja überall anrufen, kostet ja nix. Hab ich nach Amerika telefoniert! Hab im Lexikon nachgeschlagen, was es da für Städte gibt, und dann hab ich überall durchgeklingelt, in New York, Chicago, Los Angeles, San Francisco, Miami, Philadelphia, Boston, Seattle, Minneapolis und Washington. Hab in Restaurants Tische reserviert und in Luxushotels Zimmer gebucht. Hab getan wie n richtiger Ami, der Geld wie Heu hat. Hab mit dem Teil vom Außerirdischen voll die Weltreisen gemacht! Hab auch die passenden Höflichkeitsfloskeln auswendig gelernt und in nem anständigen Tonfall geredet. Auf die Höflichkeitsfloskeln kommts bei den Amis an, hat mir der Außerirdische gesagt, und der kennt sich mit Amis aus.

Nen Tisch für sechsundvierzig Personen, *please thank you*, hab ich gemeint.

Weiß noch, wie der Abendhimmel mal so rosa wie die Wunderblumen war. Hab geglaubt, ich bin auf nem andern Stern. Hab an meine Schwester denken müssen, die

Farbe von den Wunderblumen is nämlich ihre Lieblingsfarbe. Tomasine is wahnsinnig keck und achtet immer sehr auf ihr Äußeres, ohne rosa Lippenstift geht sie nich ausm Haus. Auch wenn sie bloß den Müll rausbringt, schmiert sie sich den Lippenstift drauf! Hatte seit fast einem Jahr und vier Monaten nich mehr mit ihr geredet, wie ich ihre Nummer in Paris angerufen hab. Mein Herz hat geschlagen bis zum Hals.

War beim Vorsingen, aber sie haben mich nicht genommen, hat sie mir erzählt.

Ayrton Senna hat im strömenden Regen den Großen Preis von Portugal gewonnen, hab ich ihr erzählt.

Hab mittlerweile nen Job als Kellnerin in ner Bar, hat sie mir erzählt.

Wann kommst du überhaupt wieder heim?, hab ich sie gefragt. Und um wie viel Uhr?

Ich komm gar nicht wieder, hat sie geantwortet.

Der Himmel ist grade genauso rosa wie dein Lippenstift, hab ich gesagt.

Ich hab jetzt auch nen Agenten, hat sie gesagt. Er glaubt an mich.

Wir fressen nur noch Chips, weil du nich da bist, hab ich gemeint.

Hör mir bloß auf, hat sie gesagt.

Dann is die Verbindung abgebrochen. Das Himmelsrosa war auf einmal weg, und mir ist ganz kalt geworden. Hab ich völlig den Überblick verloren und mich an die Scheibe von der Telefonzelle gedrückt. Hab gebibbert. Hab in den

Himmel geschaut, wo massig Sterne geleuchtet haben, und da is mir ne geniale Idee gekommen: Ich ruf jetzt die NASA an! Mir is eingefallen, dass sie in den Nachrichten gesagt hatten, man kann live hören, was die Astronauten sprechen. Die hatten sogar die Telefonnummer durchgegeben, und ich hatt sie mir gemerkt. Bingo, ich konnt einfach so die Stimmen von den Astronauten hören! Stundenlang, wenn ich Bock hatt! Die haben da mitten im Weltall n Schwätzchen geführt. Ich hab aber kein Wort verstanden, hat so gerauscht in der Leitung. Hab auch Magic die Muschel hingehalten. War trotzdem n Riesenabenteuer. Ohne dem Außerirdischen sein Kasten wär ich ruiniert gewesen, hätt ich mich ruck, zuck in Schulden gestürzt. Bei der Raumfähre anrufen is ja schweineteuer, hundert Dollar pro Minute! Bei den Amis is nix umsonst, die wollen Kohle sehen.

Einmal war ich so im Gespräch mit der Raumfähre, da is Florence dahergekommen. Hab ich den Astronauten glatt den Hörer hingeknallt! Hat mächtig geschwankt, Florence, mit ihren Stöckelschuhen. Hat nen neongrünen Rock angehabt, der ihr grade so übern Arsch ging, dazu ne weiße Bluse, am Bauch zusammengeknotet. Mit Rüschenröcken und Indianerzöpfen war inzwischen Sense. Jetzt hat sie sich so angemalt, dass mans auch noch bei Nacht sehen konnt. Ihr Busen war schon wieder ne Nummer größer geworden, hatte mittlerweile die Dimensionen von nem Zedernapfel. Hat den Daumen gehoben, die Kleine.

Antoine, fährst du mich hin?, hat sie gefragt.

Wollt sie nich allein weggehen lassen, außerdem hatt ich ja den Deal mit dem Außerirdischen. Hat sie sich hinten auf mein Mofa draufgesetzt, und dann sind wir zum Paradise getuckert. Das Paradise is ne Disko, gehört Vincent, nem Russen mit fettigen, angeklatschten Haaren. Wildschweinfrisur. Wahrscheinlich zieht er sich seinen Scheitel mit nem Rechen. Hat immer n hautenges Jeanshemd an. Florence is in den Laden rein, aber mich haben sie nich gelassen, der Russe hat mir was gehustet!

Der Trottel bleibt draußen, hat er gemeint.

Hat mich nicht mal angeschaut, wie er das gesagt hat. Hab ich halt aufm Parkplatz gewartet und die Töfftöffs gezählt. Elf. Bis auf den metallisch grauen Porsche 911 lauter Scheißautos. Wie Florence am frühen Morgen wieder aus der Disko gekommen is, war sie noch wackliger auf den Beinen. Die Füße haben ihr wehgetan. Aufm Rückweg hat sie die Arme um meinen Bauch geschlungen. Ich konnt sie ja nich sehen, aber ich glaub, sie hat n ziemlich breites Grinsen im Gesicht gehabt, da hinten drauf. Hab sie vorm Tante-Emma-Laden abgesetzt. Hat nach taufeuchtem Boden gerochen. Wir haben n paar Zigaretten geraucht, auf die guten alten Zeiten, wie ich noch der Glücksbringer war.

Hab mich nach ihrem verschollenen Vater erkundigt, und sie hat gemeint, mir kann der Typ jetzt gestohlen bleiben, der is mir völlig schnuppe, und falls ihm noch irgendwann einfällt, dass er mir nen Brief schreiben oder mich anrufen will, kann er mir den Buckel runterrutschen, soll er sich doch zum Teufel scheren! Das is garantiert ne Flasche, ne Null, ne absolute Niete, n Spacko! Wenn meine Mutter nich mit der Sprache rausrückt, dann wahrscheinlich deswegen, weil sie sich schämt! Das is ne Pflaume, n Versager, kann ja bloß daran liegen, dass er sich nich meldet! So einen mag ich nich zum Vater haben! Will lieber gar nich wissen, wie er heißt, wie er aussieht, wie groß er is, was er von Beruf macht, wo er wohnt, ob er auch so n Muttermal an der linken Schulter hat wie ich, ob ich noch n paar Geschwister hab, und wenn ja, wie alt die sind und ob die mir ähnlich sehen, ich will überhaupt nix wissen, is mir alles wurscht! Es is vorbei, ab jetzt reden wir nich mehr über meinen blöden Vater und meine Mädchenträume, das is kalter Kaffee! Ich bin mittlerweile ne erwachsene Frau.

Die schwarze Schminke is ihr übers Gesicht gelaufen, aber war ihr egal. Ne graue Katze hat sich miauend an ihre Beine geschmiegt. Sie hat sie gestreichelt, aufn Arm genommen und wie n Baby gewiegt. Hat das Viech Gewitter getauft. N ungewöhnlicher Name fürn Tier, aber hübsch. Sie hats auf die Schnauze geküsst und ihm nen fetten Happen vom gestrigen Hühnchen versprochen. Die Katze is sich bestimmt vorgekommen wie ne Made im Speck, hat auf jeden Fall laut geschnurrt.

Hab voll rumgeknutscht in der Disko, hat Flo gesagt.

Mit wem hast du rumgeknutscht?, hab ich gefragt.

Kann ich dir nich erzählen, hat sie gemeint.

Warum?, wollt ich wissen.

Darum!

Sie wollt mir keine Geheimnisse mehr anvertrauen. *Like a virgin, touched for the very first time,* hat sie geträllert und die Hüften dabei geschwungen. Fünfzehnjährige Mädchen sind alle gleich, alle wie meine Schwester, wollen bloß noch Nachtclubtänzerin werden. Florence war fast genauso wie Tomasine früher, bis auf dass sie weder gut tanzen noch singen konnt. Am liebsten hätt ich Steine nach ihr geworfen, wenn sie gesungen hat, damit sie endlich den Rand hält.

Das is von Madonna, hat sie gesagt. Das is super.

Hast du schon mal die Brüste von nem Mädchen angefasst?, hat sie gefragt.

Hast du schon mal mit einem geschlafen?

Bist vielleicht n Schwuler, hat sie gemeint.

Bist bestimmt noch Jungfrau.

Ach, is dir jetzt peinlich!

Ja, peinlich, hab ich gesagt. Da hat sie die Katze losgelassen, ihre weiße Bluse aufgeknöpft und mir ihre Zedernäpfel gezeigt! Hat sie zärtlich mit der Hand drübergestrichen. Mein Schniedel is auf einmal hart wie n Ast geworden. Hatt ich ne fette Beule in der Hose. Hab ich abwechselnd den Feigenbaum, den Himmel, meine Füße und die Zedernäpfel angeschaut. Aber die alte Biancarelli is ausgeflippt, wie sie den blanken Busen von ihrer Tochter und die Delle bei mir in der Hose gesehen hat! Die hat nämlich im ersten Stock am Fenster gestanden und runtergebrüllt.

Wehe, wenn du sie anrührst!

Peinlich, peinlich!, hab ich gesagt.

Ich bring dich um!, hat sie geschrien.

Lauf schnell weg, hat Flo gemeint.

Ich hab geklappert wie n alter Motor. War das erste Mal, dass mich jemand umbringen wollt! Ich hatt noch gar keine Lust zum Sterben, mocht mich nich zu meiner Mutter ins Grab legen! Wahrscheinlich war sie ganz grün, braun oder blau angelaufen. Oder schon ganz verfault und von Würmern zerfressen. Vielleicht war bloß noch n Gerippe von ihr übrig! Ich hab meine Mama nich absichtlich erledigt, das is einfach spontan passiert! Dreht sich mir gleich der Magen um, wenn ich dran denk.

Die alte Biancarelli hat mir Beine gemacht! Hab mich in meiner Telefonzelle versteckt und n paar Pariser angerufen, damit ich wieder auf andre Gedanken komm.

Ich murks dich ab, hab ich gesagt.

Dich und deine Frau.

Und deine Kinder.

Ich pust euch das Hirn weg.

Leuten Angst einjagen, ich konnt gar nich mehr aufhören damit. War so ne Art Telefonterrorist. Hab in meinem Heft ne feinsäuberliche Liste angelegt, so wies Madame Madeleine mir beigebracht hat, ne Liste von hundertfünfzig Parisern, die ich dauernd geschurigelt hab. Weil wenn ich was mach, dann richtig. Ich wollt, dass die alle verrecken, die Hunde.

Alle!

Dass sie bei lebendigem Leib verbrennen! Und dass Tomasine wieder nach Haus kommt, dass ihr gar nix andres übrig bleibt. Ich hätt für sie extra nen Nachtclub gebaut. Hätt sie sich bestimmt gefreut und gesungen, in voller Montur. Wir wären zusammen gewesen. Ich hätt sie ganz für mich gehabt. Aber so is es nich gekommen.

Später hab ich dann beim Außerirdischen vorbeigeschaut und ihm genau berichtet, was Florence in der Disko angestellt hat. Hab aber erst mal damit angefangen, wie ich Verbindung zu den Astronauten aufgebaut hab. Hat ihn nich die Bohne interessiert! Dafür war die Story vom Paradise der Knüller! Hat er auf die Zähne gebissen, wie ich ihm erzählt hab, dass die Kleine in der Disko rumgeknutscht hat. Davor hab ich aber absichtlich noch um den heißen Brei rumgeredet, damits n bisschen spannender wird. Der Außerirdische is fast durchgedreht und hat mir alle möglichen Beleidigungen an den Kopf geworfen, war echt lustig.

Arschloch!, hat er geschrien.

Und dann hats ihm wieder leidgetan, und er hat sich untertänigst bei mir entschuldigt.

Entschuldige, hat er gesagt.

Na los, spucks aus!

Ach, bitte!

Ich dacht mir, wenn ich ihm die Geschichte auf die Nase bind, heult er hundertpro rum, aber nach ner Stunde und fünfundvierzig Minuten hab ich sie ausgepackt. Der Außerirdische hats Gesicht verzogen wie n Spasti und mit der Faust gegen die Wand gehauen. War n Loch drin. Er hat rumgebrüllt. Laut! Wollt unbedingt wissen, mit wem Florence rumgeknutscht hat. Ich sollts rauskriegen, hat er mir Kohle dafür versprochen.

Kannst dir n Haufen Kohle verdienen!

Er hat geflucht! Wollt n Gemetzel anrichten! Er hats wirklich ernst gemeint! Hat gesagt, ich geh zu deinem Bruder,

der soll mir ne Knarre leihen, damit ich den Dreckshurensohn, der mir meine Braut weggenommen hat, abknallen kann. Er hat aufn Boden gespuckt, obwohl er doch in seinem Zimmer war, wo der Teppich lag.

Zum Glück war er nich dabei, wie die Kleine am Tag drauf beim Granitmäuerchen in den metallisch grauen Porsche 911 gestiegen is. Womöglich hätt er den Fahrer tatsächlich erschossen und Florence mit nem Stein erschlagen. Weil er vor lauter Liebe nämlich gar nich mehr alle beisammen hatt!

6

Ich pack mir meinen Stuhl aufn Rücken und spuck so nen Batzen aus, den ich anscheinend nich gut verdaut hab. Mein Magen gibt Kanalisationsgeräusche von sich. Wenn die andern Siesta machen, bummel ich durch die Gemüsegärten und wühl in den Mülltonnen. Find immer was zum Futtern. Könnt auch die Eier von meinen Hühnern verdrücken, aber is nich meine Art. Bevor ich im Knast war, hab ich ständig Schinkenschwarten, Kuchen oder Wild geschenkt gekriegt. Jetzt nich mehr. Is besser so, ich konnt mit so ganzen Tieren sowieso nix anfangen. Weiß noch, einmal haben sie mir nen Fasan angedreht. Hab ich einfach in die Pfanne gehauen, mit allem Drum und Dran. Haben die Federn Feuer gefangen. War ungenießbar, das Teil!

Außerdem will ich von den Leuten hier überhaupt nix mehr geschenkt bekommen!, sag ich zu meinem Stuhl.

Die haben mir den Saft abgedreht, weil ich den von meiner Stütze nich mehr bezahlen konnt. Ess jetzt bloß noch Rohes. Und Kaltes. Äpfel, Feigen, Zitronen, Brechbohnen, Tomaten, Kürbisse, Pinienkerne, kommt auf die Jahreszeit drauf an. Seitdem die neue Pizzeria aufgemacht hat, verputz ich manchmal auch das, was die Leute dort übrig lassen, Panini-, Nudel-, Quichereste, Käserinden. Das Wasser haben sie mir auch abgestellt, aber stört mich nich so, ich wasch mich nich oft. Wenn ich welches brauch, nehm ich dem Nachbarn sein Gartenschlauch oder geh zum Lac de Tolla. Im See baden is sowieso geiler als duschen. Wie ich neulich drin gebadet hab, bin ich mir vorgekommen wie n King. N King, der in Gold schwimmt! Die Sonne hat den See nämlich in n goldenes Licht getaucht! Hab ich mich übers Wasser gebeugt und mein Spiegelbild angeschaut: aus massivem Gold! Schädel aus Gold. Muckis aus Gold. Sogar n Sack aus Gold! Ich, n Superheld. Dacht ich mir, Vanina hat ganz schön Schwein, dass sie sich so n Kerl geangelt hat. Is mir der Typ aus der griechischen Sage eingefallen, der sich in sich selber verknallt hat. Hat mir Madame Madeleine mal in der Schule beim Essen erzählt, die Geschichte von dem Jüngling, der so heißt wie die Blume.

Hab mir die Taschen mit Proviant vollgestopft, den ich mir gleich in Ruhe zu Gemüte führen werd. Mit meinem Stuhl, in meinem Schlupfwinkel hinter der Kapelle. Die andern kommen da bloß am Sonntag hin. Die restliche Woche werkeln sie im Dreck, bloß am Sonntag machen sie ne Pause und singen fromme Lieder. Ich ergötz mich da lieber an den Steinen und Bäumen, ich mag nich in die Kirche, mag keine frommen Lieder singen, mag lieber in die Macchia und in den Wald! In der Kirche steht immer schon vorher alles fest, der ganze Ablauf, da gibts keine Überraschungen, außerdem geht alles auf Kommando! Bei mir geht aber gar nix auf Kommando!

Bist wie n störrischer Esel, hat Papa oft zu mir gesagt.

Da unten is der Friedhof, gegenüber von der Kapelle, sag ich zu meinem Stuhl und deut mitm Finger hin.

Werf Madame Madeleine ne Kusshand hinterher. Gänsehautgefühl. Papa und Mama sind auch dort unten, im selben Loch, aber das lässt mich kalt. Kalt wie Stein! Wenn ich selber mal tot bin, möcht ich zu Madame Madeleine ins Grab kommen. Wenns geht. Möcht mich an sie pressen, aufrecht stehend, bei uns aufm Friedhof werden die Särge nämlich hochkant gestellt, also die Toten liegen nich aufm Rücken, die stehen kerzengerade.

Sitz gern hier oben und genieß die Aussicht. Die Menschen schauen winzig aus, die haben winzige Häuser und fahren winzige Töfftöffs. Das ganze Dorf passt in meine Hand, so mini isses. Und wenn ich sie dann zur Faust balle, is das ganze Dorf weg! Wie vom Erdboden verschluckt! Ich machs mir gemütlich. Der Himmel is klar. N grauer Bussard kreist in der Luft.

Vanina hat besorgte runde Augen wie n Fischadler. Auch wenn sie seitm Dorffest vor vier Jahren meine Frau is, hat sie mich noch nie bei sich zu Hause reingelassen. Sie lebt mit ihrem Sohn Pierre-Olivier in ner klitzekleinen Wohnung in Ajaccio. Fünfter Stock ohne Aufzug. Im Hausflur riechts tierisch nach Couscous, Wurst und Gemüse, da läuft mir jedes Mal das Wasser im Mund zusammen. Das heißt, da rinnt mir der Sabber ausm Maul, wenn ich bei ihr an die Tür klopf. Klopf stundenlang bei ihr an der Tür, aber sie hört mich überhaupt nich! Entweder sie schläft oder sie geht in der Stadt spazieren, denk ich mir. Leg ich die Blumen, die ich ihr mitgebracht hab, eben aufn Fußabtreter.

Welcome, steht da aufm Fußabtreter.

Einmal in der Woche geh ich runter nach Ajaccio. Is n verdammt weiter Weg, aber ich geh ja gern. Hab ja Kraft! Komm dabei mit der Zeit innerlich zur Ruhe. Geb Vanina vorher nich Bescheid, dass ich komm, soll ne kleine Überraschung sein. Vanina meint, dass Pierre-Olivier Bammel vor mir hat, Panik kriegt, wenn er mich sieht, nachdem ich einmal kurz mit ihm Karussellfahren gegangen bin. Dabei mögen Kinder doch Karussellfahren! Dacht mir, das macht ihm bestimmt Spaß, wenn er so aufm Pferd sitzt und n paar Runden dreht. War anscheinend nich sein Ding, er hat nämlich pausenlos rumgeflennt, der Kleine! Ich will zu meiner Mama, ich will zu meiner Mama!, hat er geplärrt. Hab ich ihm erzählt, dass ich meine Mama aus Versehen umgebracht hab und ihn eigentlich gleich adoptieren könnt. Bin halt einer, der immer schnurstracks mit der Sprache rausrückt.

Werd dich wie mein eigenes Fleisch und Blut behandeln, obwohl du ja gar nix mit mir zu tun hast, versprochen!, hab ich zu ihm gesagt.

Hatt er sich in die Hose gepinkelt, der Knirps, wie ich ihn zurückgebracht hab. Er is zwar n uneheliches Kind, aber er is wie ich. Vanina war total wütend, weil ich ihren Sohn abgeschleppt hatt. Erst hat sie geweint und dann hat sie geschrien, dass Ange-Marie mir sämtliche Knochen brechen wird!

Ange-Marie is n Arsch mit Ohren! Er is außerdem Postbote und baggert täglich außer sonntags meine Frau an. Er will sie mir die ganze Zeit ausspannen. Soll er doch elendig verrecken!

Ich werd diesem Ange-Marie sein Gehirn wegblasen!, hab ich gedroht.

Hau ab!, hat Vanina gefaucht.

Ich werd mir ne Pistole besorgen!, hab ich gesagt.

Ich ruf gleich die Polizei!, hat Vanina geschrien.

Mein Bruder Pierre hat nämlich ne Menge Pistolen!, hab ich gesagt.

Hau endlich ab!

Ich baller ihm die Birne weg! Peng!

Du krankes Hirn!

Und schieß ihm n Loch in seinen Bauch!

Zieh Leine!

Wie bei Florence! N riesiges Loch!, hab ich gesagt.

Da hat mir Vanina volle Kanne mit der Faust ins Gesicht gehauen.

Dreimal hat sie mir mit der Faust ins Gesicht geschlagen!, sag ich zu meinem Stuhl.

Hab ich auf der linken Seite n Zahn verloren. Und hatt voll die Blutlache im Mund. Hab ich einfach runtergeschluckt, weil ich nicht wusst, was ich sonst damit machen soll.

7

1986 hab ich auch n Zahn verloren, auf der rechten Seite aber!

N Backenzahn, ganz hinten, sag ich zu meinem Stuhl.

Is abgebrochen, war faul. Hing zum Schluss bloß noch an nem Nerv. Hab ihn mir rausgerissen, und hat wieder geblutet. Hab mir das Teil in die Tasche gesteckt. Da war ich dreiunddreißig. Genau dreiunddreißig Jahre alt!

Wie Jesus Christus, hat der Pfarrer gemeint.

Hatte keine Ahnung, dass Jesus wirklich gelebt hat und man sein genaues Geburtsdatum kannte. Der Pfarrer verdrückt andauernd Wurst und säuft Roséwein. Muss nie was dafür zahlen, er is ja der Pfarrer. Hat seine festen Gebetszeiten und den direkten Draht zu Gott. Weiß nicht recht, ob ich an Gott glauben und ihm vertrauen soll, aber is dem Pfarrer gleich, er vertraut ihm blind. Die andern haben Angst vor ihm, also vorm Pfarrer, als wär er der Allmächtige. Hat ne Glatze, ne Nickelbrille auf der Nase und rennt ständig in der Soutane rum, muss man dazusagen. Liest immer dasselbe Buch, die Bibel. Meine Lieblingsstelle in der Bibel is ja die mit der Sintflut, wo Gott beschließt, die gesamte Menschheit auszurotten, bis auf Noah, seine Familie, die Vögel und die Tiere. *San Andreas*, der Film mit Dwayne Johnson und den Spezialeffekten, erzählt mehr oder weniger die gleiche Geschichte, bloß ohne Tiere! Weltuntergänge sind einfach cool, das Dumme is bloß, dass die Welt doch nie richtig untergeht. Gibt immer einen, der sie rettet, und zum Schluss platzt die ganze Chose.

Der Pfarrer schwört auf die Bibel, der glaubt alles, was da drinsteht.

Der glaubt sogar an Wunder!, sag ich zu meinem Stuhl.

Er meint, in der Bibel stehen die Antworten auf alle möglichen Fragen, die wir uns stellen, zum Beispiel, was is mit dem Leben nach dem Tod. Weiß nich mal, wie er heißt, der Pfarrer.

Hallo, Pfarrer!, sag ich zu ihm.

Wenns heiß is, geh ich zu ihm in die Kapelle und red mit ihm über die wichtigen Dinge im Leben. Is schön kühl bei ihm. Als Erstes tunk ich meine Rübe ins Weihwasser, damit ich gesegnet bin, dann knie ich nieder, als wär ich der Papst oder weiß der Kuckuck wer. Anschließend dackle ich zu dem hölzernen Beichtstuhl rüber und leiste dem Priesterrock Gesellschaft, der ja nur Gott in seinem Leben hat.

Am Dienstag, den 12. April 1986, hatt ich wegen meinem Zahn nen Fieberanfall. Der 12. April is mein Geburtstag. Hab ich mich in die Kapelle geschleppt. Genau in dem Moment, wo ich gegen die schwere Tür drücken wollt, is Florence rausgekommen. Sind wir zusammengekracht. Hab gelacht, aber die Kleine hat ganz furchtbar geweint. Wollt sie in den Arm nehmen, aber sie hat sich dagegen gesträubt.

Lass mich los, du Idiot!

War das erste Mal, dass sie mich als Idiot beschimpft hat. Dann hab ich sie eben weiterheulen lassen. Wollt außerdem den Pfarrer nicht verpassen, weil ich ihm unbedingt von meinen Albträumen erzählen musst. Hatt pausenlos Albträume. Hab sie ihm im Beichtstuhl alle auf die Nase gebunden. Wie ich nachts im Pinienwäldchen nackig auf die Jagd geh. Wie ich die Viecher erwisch, Wildschweine, Fasane, Habichte, Schlangen, und auf sie einschlag. Hab ihm auch die Ohren mit meiner toten Mutter vollgelabert, von wegen sie treibt schreiend in nem gelben Fluss und verwandelt sich zum Schluss in nen Schädel. Hab ihm gesagt, dass mir jede Nacht dasselbe Mädchen im Traum erscheint. Das Mädchen, das grade in Tränen aufgelöst aus der Kapelle gerannt is: Florence Biancarelli!

Der Pfarrer hat sich bekreuzigt, dreimal schnell hintereinander. Hat die Augen verdreht, ich hab ihn durchs Gitter genau beobachtet. Und dann hat er mich in verschiedenen Tonlagen zusammengeschissen. Hat gemeint, er glaubt nich an Seelenfang und das ganze Hexenzeugs, es gibt keinen bösen Zauber, das is Ketzerei!

Ketzerei!, hat er geschrien.

Kannte das Wort nicht, aber war anscheinend was Schlimmes. Er hat zu mir gesagt, dass ich schön anständig bleiben, Florence bloß nich zu nahekommen und einzig und allein auf Gott vertrauen soll! Bevor er mir die Absolution erteilt, muss ich zwanzig Ave Maria beten. Hammer! Hab nich kapiert, was das jetzt mit meinen Albträumen zu tun hat, und hatt keinen Bock, zwanzigmal das Gebet aufzusagen. Hab mich geweigert!

Bin n störrischer Esel!, hab ich gesagt.

Der Herr ist mein Licht und mein Heil, hat der Pfarrer gesagt.

Ich weiß schon, warum Florence so weint.

Der Herr ist meines Lebens Kraft.

Weil sie bald sterben wird!

Gott ist Liebe.

Elendig verrecken!

Herr, sei uns Sündern gnädig!

Seh sie schon im Wald liegen!

Erlöse uns von dem Bösen.

Blutüberströmt!

Weiche, Satan!

Muss sagen, außer seinem Herrgott und seinen Bibelstellen is ihm echt nich viel eingefallen. Hab ich mir nich bieten lassen. Hab selber n paar pfiffige Sprüche auf Lager gehabt.

Ich weigere mich!, hab ich verkündet.

Hab kaum noch Luft gekriegt. Hatt außerdem Schluckauf und musst ständig rülpsen.

Tschüss, Pfarrer!, hab ich gesagt.

Hab ratzfatz das Haus verlassen. Wollt meine geliebten Berge sehen, aber die waren total in Nebel gehüllt. An meinem Geburtstag lag ne Nebelglocke überm Dorf! Sah so aus, als gäbs überhaupt kein Leben mehr, als wär alles Leben ausgelöscht. Hab ich mich mit verschränkten

Armen aufn Rücken gelegt, weil ich ja keine Luft mehr gekriegt hab. Hat geregnet, war n angenehm lauwarmer Regen. Die nasse Erde hat super gerochen. Hab mit den Händen in der Erde gebuddelt. War extrem pappig. Der gute Duft is mir in die Nase gestiegen. Wollt reinbeißen, in den Duft. Hab ich die Erde gefressen. Hab sie runtergeschluckt, hatt Erde im Bauch und in den Gedärmen. Bin eins geworden mit der Erde! Hat ganz mir gehört, die Erde! Hab Bäume, Felsen, Feuer, Sturm, Regen und Blitze gesehen. Hab Tiere und Berge von Toten gesehen, die unter der Erde lagen, n Schlachtfeld. Hab Laub und Wurzeln gesehen. Nacktschnecken! Wasser! Hab Pilze, Mäuse, Iltisse und Ratten gesehen. Hab unterirdische Wälder gesehen. Hab Schlangen, Würmer, Scheiße und Wind gesehen. Bin eins geworden mit der Erde! Hab ich mal so richtig durchgeatmet.

Irgendwann hab ich mir in die Tasche gelangt, wo ich meinen Zahn hatte. Hab ihn erst n bisschen zwischen den Fingern gerollt und ihn dann rausgeholt. Wollt ihn wieder festmachen, hat aber nicht gehalten. Da hab ich ihn halt beerdigt!

Hier! Vor der Kapelle!, sag ich zu meinem Stuhl und zeig ihm die Stelle.

Wollt, dass er auch eins wird mit der Erde und mit allem, was da drin kreucht und fleucht. Anschließend bin ich losgefetzt und hab Happy birthday gesungen, auf Englisch!

Happy birthday, lieber Antoine!

Bin an dem großen Feigenbaum vorbeigekommen, unterm Fenster von Florence. An dem Feigenbaum von der alten

Biancarelli wachsen die besten Feigen im Dorf, muss man dazusagen. Grün, groß und schwer. Ich schling die mit der Schale runter. Wenn die im Mund dann platzen, hat man das Gefühl, man frisst was bei lebendigem Leib. Hab mir erst mal zehn davon reingeschoben. Hab mir noch mal zehn in die Taschen und in die Unterhose gesteckt. Bin aufn Baum geklettert, weil ich Florence beobachten wollt. Die stand grade vorm Spiegel und hat sich mit ihrer Bürste gekämmt. Ihre Haare hingen runter wie die Äste von ner Trauerweide, und ihre Brüste waren schon wieder größer geworden, sahen aus wie reife Quitten. Sie war jetzt sechzehn, und ihr Lachen war irgendwie anders als mit fünfzehn. Früher hatte mans bis in die Wolken gehört, wenn sie gelacht hat. Ich hab ihr ne recht saftige Feige durchs Fenster geworfen, die aufm rosa Teppich gelandet is, und gewinkt. Hat sie mich mit ihrem verheulten Gesicht angeglotzt und geschrien.

Zisch ab, verdammt noch mal!

Hab ihr zugerufen, dass ich in der Macchia ne blaue Katze gesichtet hab, dass das bestimmt wegen Tschernobyl is oder dass die Katze vom Mars is oder vielleicht eher vom Pluto, weil sie doch ziemlich klein war. Hab ihr erzählt, dass sie recht spitze Ohren, n kurzes Fell und nen langen Schwanz hatt, dass ich sie streicheln wollt, das Scheißbiest aber böse war und mir den Arm zerkratzt hat! Hab die Ritzer Florence gezeigt, ich wusst ja, dass sie tierisch abfährt auf Geschichten, wo Katzen drin vorkommen. Da hat sie sich erkundigt, wie die Katze genau ausgeschaut hat, ob die unterernährt war oder krank, ob ihr Fell abgewetzt war, welche Augenfarbe und so weiter. Und hat aufgehört zu heulen.

Hatte sie im Auftrag vom Außerirdischen ja schon seit Monaten beschattet. War zeitaufwendig, aber astrein bezahlt. Der Außerirdische hat mir für jeden Bericht Knete in die Hand gedrückt. Manchmal hatt ich keinen Bock zum Arbeiten, dann hab ich einfach mit meinem Kumpel Magic in der Werkstatt rumgehangen. Wenn ich keine gute Geschichte hatt, die ich ihm auftischen konnt, hab ich mir welche ausgedacht. Hab ihm zum Beispiel erzählt, Florence hat gesagt, dass sie ihn lieb hat, um ihm ne Freude zu machen.

Ist das wahr?, hat er gefragt. Ist das wirklich wahr?

So wahr, wie ich der Dorftrottel bin, hab ich geantwortet.

Hat er sich so gefreut, dass er mir die doppelte Summe bezahlt hat! Wenn Florence zu viel Whisky-Cola gesoffen hatt, hat er n bisschen mit ihr rumgeknutscht, sonst aber nix. Er wollt mit ihr schlafen und hat ihr das Versprechen abgerungen, dass sie es an seinem zweiundzwanzigsten Geburtstag machen, als Geburtstagsgeschenk. Der Geburtstag war an nem Samstag, hat sich also prima getroffen. Er war ja eigentlich schon weg ausm Dorf, wegen seiner Fernmeldetechnikerlehre. Die Kleine hat sich vor lauter Whisky-Cola aber überhaupt nich mehr ausgekannt.

Okay, später irgendwann, hat sie gemeint.

Der Außerirdische hat sich schon ne Szene mit nem goldenen Ring ausgemalt, aber psst, Finger aufn Mund, sollt ne Überraschung sein. Hat dem Fick samt Heiratsantrag wahnsinnig entgegengefiebert. Und je mehr er ihm entgegengefiebert hat, desto mehr gings drunter und drüber in seinem Kopf. War wie ne Krankheit, bei der du voll im

Arsch bist und zum Schluss stirbst. Am liebsten hätte er Florence eingesperrt, damit sie ohne ihn überhaupt nich mehr rausgehen kann.

Quasi wie im Knast!

Hat gedacht, dass außer mir alle Kerle im Dorf seine Mieze flachlegen wollen. Hat er gesagt. Dass sie noch nen andern Macker hat. Und sie hatte ja auch einen, mit dem sie seit Ewigkeiten rumgerammelt hat, den Typen mit seinem Porsche 911. Aber das war eigentlich gesetzlich nich erlaubt, weil Flo noch zu jung und der Typ schon zu alt und außerdem verheiratet war.

Musst immer aufpassen, welche Informationen ich an den Außerirdischen weitergeb und welche nich, er war ja gleichzeitig mein Boss. Wollt schließlich meinen Job nich verlieren! Wär garantiert gefeuert worden, wenn er erfahren hätt, dass in dem metallisch grauen Porsche ständig die Post abgeht und Florence überhaupt keine Jungfrau mehr is. Wären mir die ganzen Piepen flöten gegangen! Hätt ich mir meine Matchbox-Autos und die Zeitschrift *Auto Moto* abschminken können. Wo ich auf Autos doch so abfahr! Ich sammle Autos schon, seit ich klein bin. Meine Sammlung is ziemlich beeindruckend. Steckt viel Herzblut drin in so ner Sammlung, hab viele Opfer dafür bringen müssen. Aber irgendwann krieg ich n richtiges Auto, nich nur so n Spielzeug, und dann dreh ich auf ner echten Rennstrecke n paar Runden! In nem Boliden! Ich, der Formel-1-Weltmeister! Wie Ayrton Senna! Brauch bloß noch n Führerschein, sonst wirds teuer.

Stimmt schon, dass die Kleine gar nich gut drauf war, sag ich zu meinem Stuhl.

Der Außerirdische hat von nix Bescheid gewusst. Hat keine Ahnung gehabt, dass Florence seit ner Woche nix mehr gegessen hatt, wegen ner Hiobsbotschaft nix mehr essen wollt. War echt schlimm!

Total schlimm!

Jedenfalls bin ich an dem Dienstag, den 12. August 1986, gegen Viertel vor zehn Arme schwenkend nach Haus. Hatte noch n paar Feigen in der Tasche und in der Unterhose. Sah wahrscheinlich aus, als hätt ich fünf Eier statt zwei, wie sonst.

Happy birthday, lieber Antoine!, hab ich vor mich hin gesungen.

Papa und Pierre lagen schlafend in ihren Sesseln. Waren vorm Fernseher eingepennt. Da lief grade *Derrick*.

Bin jetzt dreiunddreißig, wie Jesus!, hab ich gegrölt.

Weiche, Satan!, hab ich gebrüllt.

Gott ist Liebe!

Is mein Vater aufgeschreckt und hat n Kissen nach mir geschmissen.

Scheißspasti!

Is mir auf einmal eingefallen, wie meine Schwester Tomasine mir zu Ehren früher immer groß gekocht hat, wenn ich Geburtstag gehabt hab. Wie im Restaurant! Sie hat auch nen Schokoladenkuchen für mich gebacken, mit Kerzen zum Ausblasen drauf! Und Geburtstagsständchen auf Englisch hat sie mir gesungen! Bin ich zur Telefonzelle geflitzt, weil ich mit ihr reden wollt. Wollt, dass sie mir gratuliert, war aber bloß n blöder Dreckspariser dran!

Hat gemeint, dass er der Manager von Jessy is und ich überhaupt nich mehr anrufen brauch.

Wer isn Jessy?, hab ich gefragt.

Deine Schwester, hat er gesagt.

Meine Schwester heißt aber Tomasine.

Is dasselbe.

Ketzerei!, hab ich geschrien.

Waas?

Ich will mit Tomasine reden!

Jessy is leider nicht da!

Wer isn Jessy, Mann!

Deine Schwester, hab ich doch grade gesagt!

Der Manager hat mir erzählt, dass meine Schwester jetzt nen anderen Namen hat. Dass er sie in Jessy umgetauft hat, damit sie im Showbusiness mehr Erfolg hat. Hab ich ihm gesagt, dass ich heut Geburtstag hab und er ihr schleunigst ihren Namen zurückgeben soll, sonst komm ich und schneid ihm die Eier ab und stopf ihm die Fresse damit! Dass unsere Familie schon immer Orsini heißt. Dass er n verdammter Spasti is, auch wenn er meiner Schwester ihr Manager is. Aber hab ihn umsonst beleidigt, er hatte nämlich schon aufgelegt.

Hab ich in den weiten Himmel geschaut. Hab weiße Wolken in der blauen Nacht gesehen. Radioaktive Wolken wahrscheinlich, wegen Tschernobyl, die übers Dorf gezogen sind und ne Strahlung abgesondert haben. Hab mir überlegt, dass die Schafe jetzt giftiges Gras fressen müssen, die Kühe giftige Milch geben und die Menschen diese Milch trinken und dran verrecken!

Wusst nich mehr, was ich anfangen sollt mit meinem Geburtstag, hab ich mir einfach meine Taschenlampe geschnappt und bin spazieren gegangen. Magic wollt auch mitkommen, aber ich hab Nö gesagt, kein Bock, will allein sein! In der Macchia hats voll nach wildem Fenchel gerochen. Bin rein und hab mich drin rumgewälzt, damit ich auch so riech. Hab meine restlichen Feigen gemampft, in die Sterne geguckt und an Tschernobyl gedacht. Bin irgendwann eingepennt. In der Früh sind die Ameisen auf mir rumgekrabbelt. Erinner mich genau an die Stelle, weil die gleich bei dem Pinienwäldchen is, wo Florence gestorben is. Die war ganz blau angelaufen, wie ich sie gefunden hab, blau wie die Katze, und hatte überhaupt keine Haare mehr aufm Kopf!

8

In den Gärten weht Wäsche im Wind. Wer keinen Garten hat, muss die Wäsche halt zum Fenster raushängen. Die Laken sehen wie ausgerollte Fahnen aus. Die Schatten wackeln wegen dem Wind. Ich mags, wenn ich unter der aufgehängten Wäsche durchlauf und die weichen Stoffe anfass.

Riechen auch so gut!

Florence hat ihre Wäscheleine immer zwischen zwei Eichen aufgespannt. Hab mich oft im hohen Gras verschanzt, damit sie mich nicht sieht. Dann hat sie ihre weißen Schlüpfer mit Holzwäscheklammern aufgehängt. Meine Schwester Tomasine hatte die gleichen. Wollt auch so nen weißen Mädchenschlüpfer haben!

Einen ganz für mich allein!

Irgendwann hab ich einen geklaut. Weiß noch, wie ich mich damit versteckt und dran geschnüffelt hab. Hab weinen müssen, weil er genauso nach Lavendel geduftet hat wie die Seife von Madame Madeleine. Aufm Etikett stand hundert Prozent Baumwolle und für Vierzehnjährige, dabei war Florence doch schon sechzehn. Hab mir das Teil in die Unterhose geschoben.

War n toller Schlüpfer, sag ich zu meinem Stuhl.

Hatt ihn die ganze Zeit bei mir. Hab ihn gestreichelt, und wenn ich Magenkrämpfe hatt, hab ich dran geschnüffelt. Hat mir besser getan als die Medikamente. War damals ja der bevorzugte Chauffeur von der Kleinen. Hab sie jede Nacht ins Paradise gefahren, damit sie tanzen, mit ihrem Typen rumknutschen und sich von ihm befummeln lassen kann.

Am Freitag, den 21. August 1986, is sie in Schlangenlinien aus der Disko getorkelt, und der Rotz is ihr aus der Nase gelaufen. War schon fast vier. Weiß ich noch, weil ich nämlich auf meinen Batteriewecker geguckt hab. Den Wecker hatt ich mir dauerhaft von nem Nachbarn ausm Dorf geliehen. Der hat einfach die Haustür sperrangelweit offen gelassen, sodass jeder reinkonnte, und da hab ich geschwind nen Radiergummi, nen Kamm und eben den Wecker stibitzt. Außerdem nen Stift, ne Birne, ne Banane, ne Gabel, nen Schraubenzieher und n paar Nägel.

Die Kleine war mit den Nerven am Ende, weil ihr Typ nämlich total ausgerastet is.

Er is völlig ausgerastet!, hat sie gesagt.

Wieso is er völlig ausgerastet?, hab ich gefragt.

Auf der Tanzfläche, auf einmal is er ausgerastet, hat sie gemeint.

Hab den Burschen mit dem metallisch grauen Porsche genau gekannt. N Angeber, n kleiner Sprücheklopfer! Hat sich mordsmäßig was eingebildet auf seinen Prollschlitten und seinen schicken Blazer, der ihm aber zu groß war. Hätt mir an seiner Stelle lieber den blauen Renault Alpine A310 V6 gekauft, der 225 Sachen gefahren is! Am besten das sportlich-kompakte 82er-Modell, Zwölfventilmotor, elektrische Fensterheber, Windschutzscheibe aus Verbundglas, mit Radio und Teppich drin! Konnt den Macker von Florence schlicht nich riechen! Hätt ihn sogar fast umgelegt, weil er mich beim Kartenspielen so übers Ohr gehauen hat!

Voll übern Tisch gezogen!, sag ich zu meinem Stuhl.

Hat mir beim Pokern einen Casanis nachm andern eingeschenkt. Mit ganz wenig Wasser. Und je mehr ich davon getrunken hab, desto beschissener sind meine Karten geworden. Danach dann noch Birnenschnaps, und ich war abgefüllt wie ne Haubitze. Hab mich echt schiefgelacht. Nich so lustig war allerdings, dass ich bei dem Spiel nen Riesenbatzen Geld verloren hab, ne Wahnsinnssumme. Hab mein Grundstück mit den Olivenbäumen abtreten müssen, damit ich meine Schulden begleich! Der Hundesohn is mit so nem amtlichen Papier angekommen, das ich unterschreiben sollt. Das Grundstück hat mal meiner Mutter gehört, und wie sie gestorben is, hat mans in drei Teile aufgeteilt. Einen für mich, einen für Pierre und einen für Tomasine. Doumé Casanova, dieser Drecksack, hat mir mein ganzes Erbe weggenommen! Hätt ihn aus Rache eigentlich übern Haufen schießen müssen!

Mein Bruder hat ja jede Menge Gewehre, zum Wildschweinjagen. Hat mir mal eins geschenkt, ne Schrotflinte mit nem abgesägten Lauf. Hätt dem Schwein leicht nen Besuch abstatten können! Aber psst, darf über die kleine Knarre ja gar nicht reden, habs geschworen! Nie drüber reden!

Von dem Grundstück, das mir Dominique Casanova abgeluchst hat, hätt ich mir locker n paar heiße Öfen kaufen können. Is eben n verdammter Mistkerl, Doumé! Aber die

Kleine is leider voll auf ihn abgefahren. Dass er mit der unfruchtbaren Noëlle verheiratet war, war ihr ziemlich schnurz. Noëlle war ja sogar noch ne Cousine von ihr. Ne recht entfernte Cousine höheren Grades großväterlicherseits zwar, aber trotzdem.

Das gehört dann überhaupt nich mehr zur Familie, hat sie behauptet.

Jedenfalls hat sie bloß ihren Doumé im Kopf gehabt. Sonst nix. War ihr wichtiger als François Mitterrand, der Staatspräsident. Würd alles für ihn tun, hat sie gesagt.

Ach, mein Doumé, hat sie dauernd geseufzt.

An dem Freitag, den 21. August 1986, is sie mir aufm Parkplatz vom Paradise um den Hals gefallen und hat geheult wie n Schlosshund! Is mein T-Shirt nass geworden! Hab ich wohl oder übel ihren Schlüpfer rausholen müssen, weil ich sonst nix zum Abtrocknen dabeihatte. Hab ihr die Tränen abgewischt, und sie hat sich in ihre Unterhose geschnäuzt. Hat sie mir die schöne Unterhose versaut! Die war hinterher voller Rotz und Lippenstift!

Das wars, Antoine, ich hab ihm alles gesagt!, hat sie gemeint.

Wem hast du alles gesagt?, hab ich gefragt.

Na Doumé!

Und was hast du ihm gesagt?

Na, was ich dir neulich schon erzählt hab!

Ach so!

Antoine, ich sitz in der Patsche.

Ja, genau.

Ich habs gewusst, dass es stimmt, weil ich immer noch die Albträume hatt. Hab mit niemandem drüber geredet, bloß mitm Pfarrer. Der hat n Haufen Weihwasser versprengt und n paar lateinische Gebete aufgesagt. War sich sicher, dass ich den Teufel im Leib hab. Konnt schon sein, bei den Magenkrämpfen, die ich ständig hatt! Ich wollt, dass er mir diesen Teufel austreibt, dass der Teufel in die Gedärme von irgendjemand anderm umzieht. Aber der Pfarrer war in Sachen Exorzismus wohl ne ganz schöne Flasche, ich hatt nämlich in einer Tour die Scheißerei.

Florence kam nich mehr zum Gottesdienst am Sonntag und auch nich mehr zum Beichten. Hatte die Nase voll von der Kirche! Immer um Vergebung bitten. Hing lieber bei den Katzen rum, vor allem bei Gewitter. Hat mit dem Viech über die Liebe und ihre Probleme geredet, machen gute Freundinnen so. Ansonsten hat sie Whisky-Cola gesoffen, mit Doumé getanzt, mit ihm rumgeknutscht und -gerammelt und sich hinterher bei mir ausgeheult. Hat scheiße ausgesehen, die Kleine. Aber dass sie sterben würd, und zwar schon bald, das hat sie nich gewusst!

War n Donnerstag. Donnerstag, der 1. Januar 1987. Neujahr! Drei Tage bevor ich sie mitm Loch im Unterleib im Pinienwäldchen gefunden hab, hat sie mich noch um nen Gefallen angehauen. Sie wollt unbedingt mit Magic sprechen, ganz dringend!

9

Genau, das war ihr wahnsinnig wichtig. Sie musst Magic was erzählen! Irgendwas, was sie mir nich erzählen wollt, bloß ihm! Nö hab ich erst mal gesagt, ich verleih doch nich meinen besten Kumpel. Aber wenn mich die Kleine mit ihren großen Augen angeschaut hat, konnt ich ihr keine Bitte abschlagen. Magic is aber nich irgendwer, sondern mein bester Kumpel. Wir hängen ständig zusammen. Geht mir nie aufn Senkel, also schon recht praktisch.

Nich so wie du!, schrei ich meinen Stuhl an.

Magic hat halt auch die richtige Größe, passt genau in die Innentasche von meinem Anorak. Pierre und Tomasine haben ihn mir mal geschenkt. Damit ich jemanden zum Reden hab und ihnen nicht dauernd die Ohren volllaber. Am Anfang hat Magic noch Philips geheißen, so wie die Fernseher! Wollt aber, dass er nen besseren Namen kriegt.

Mit der Zeit sind wir die dicksten Freunde geworden. Mittlerweile kennen wir uns schon seit neunundvierzig Jahren und zwei Monaten! Hab ihn überall mitgenommen, ins Gestrüpp, unter die Bettdecke, aufn Fußballplatz, zum Lac de Tolla, in den Tante-Emma-Laden von der alten Biancarelli, in die Schule, an den Strand in Ajaccio, auf die öffentliche Toilette vorm Bürgermeisteramt, in die Kirche, aufn Friedhof, zur großen Kreuzung, in die Wirtschaft, aufm Mofa, aufn Feigenbaum unterm Fenster von Florence, auf die Pinie von Noëlle, wahrscheinlich fällt mir grade gar nich alles ein, wo ich ihn überall dabeihatt, aber jedenfalls war er immer dabei, bloß nich im Knast!

Er kennt mich in- und auswendig, weiß hinten und vorn Bescheid, über alles. Er weiß, wen und was ich alles mag, also Madame Madeleine, Naturkatastrophen, Pinien, Ayrton Senna, Feigen, Autos, Vanina, Steine, Florence, mein Mofa, Saguézé, meine Hühner, alle Bäume, Pflanzen und Kakteen und den Geruch von Oregano. Hab ihm immer genau erzählt, was ich erlebt hab, und ich muss sagen: Er is echt der beste Freund, den man sich vorstellen kann. Gibt nie Streit mit ihm!

Hab die ganze Zeit gut auf ihn aufgepasst! Hab nich mal die Noppenfolie abgenommen! Magic sollt immer daherkommen wie neu! Die verchromte und vernickelte Schutzschicht hat keine Flecken und Kratzer abkriegen dürfen! Hab ja auch meine Autos in der Originalverpackung aufgehoben. Wollt, dass er jeden Tag picobello ausschaut! Aber Florence hat ihn dann komplett verschandelt! Hat glatt die Folie abgerissen, wo dick und fett *Taschendiktiergerät pocket dictaphone memo* draufstand! Hat eklig ausgesehen, wie er da in dem Pinienwäldchen neben ihr am Boden gelegen hat! Waren überall Blutspritzer drauf. Hab ihn in die Tasche gesteckt, aber hab irgendwann nen Magenkrampf bekommen, weil ich mir dacht, ich hab nicht bloß Florence, sondern außerdem meinen besten Freund verloren. Die Kleine hatt übrigens auch noch an ihm rumgebastelt. Der Schiebedeckel hinten war abgebrochen, sie hat einfach Batterien reingetan. Dabei hatte sie mir noch geschworen, dass sie vorsichtig ist und achtgibt! Wers glaubt, wird selig! Wenn ich das gewusst hätt, hätt ich ihr meinen Freund nie geliehen!

10

Will zum See, bisschen rumplanschen. Pack mir meinen Stuhl hinten drauf und reit geschwind los! Kann ziemlich gut Pferde nachmachen, mich aufbäumen, die Hufe scharren, durch die Nüstern schnauben und wiehern. Macht nen Heidenspaß! Einmal hab ich Florence huckepack genommen und bin so zum Jux mit ihr losgaloppiert, aber da war sie bewusstlos. Die Kleine is so durchgerüttelt worden, dass sie dann vor den Laden von ihrer Mutter hingekotzt hat! Weiß noch, das war Samstag, der 22. August 1986. Der Außerirdische hat Geburtstag gefeiert, seinen zweiundzwanzigsten Geburtstag!

Er hat mit Florence aufm Granitmäuerchen gesessen. Sie hat volles Rohr Whisky gebechert. War deprimiert, weil sie sich am Abend davor mit Doumé in der Disko gestritten hatt. Nachdem sie ihm beim Tanzen mal eben so die Hiobsbotschaft ins Ohr geflüstert hatte, wie *Les démons de minuit* von Images lief. Hat die ganze Zeit daran gedacht, jede Sekunde, hat sie gemeint. Der Außerirdische dagegen hat wohl daran gedacht, dass sie jetzt gleich rumrammeln, später heiraten und dann glücklich und zufrieden bis ans Ende ihrer Tage leben werden. Davon hat er bloß keinen Piep gesagt. Aber auf einmal is er vor ihr auf die Knie gefallen, hat sich ihr wie n Hündchen zu Füßen gelegt. Hat den goldenen Ring aus seiner Tasche gezogen und richtig um ihre Hand angehalten. Ich liebe dich, hat er gesülzt, heirate mich. Hat vor Aufregung gebibbert. Florence hat sich nen Ast gelacht, hat Tränen gelacht. Konnt überhaupt nich mehr aufhören, hat hundertpro mit dem Jack Daniel's zu tun gehabt. Hat auch noch aus der Flasche getrunken, die Kleine. E.T. war allerdings gar nicht zum Lachen zumute, hat n Gesicht gemacht wie n Köter, mit dem man sich besser nich anlegt. Ich hab mich derweil hinter nem Citroën BX mit getönten Scheiben verschanzt, der garantiert nen ordentlichen Batzen Knete gekostet hat, so ungefähr vierzigtausend Mäuse, schätz ich mal, und hab alles gehört und gesehen!

Der Außerirdische hat Florence auf die Rückbank von dem grauen Renault 4 von seinem Vater geschleift. Geschleift, weil die Kleine mit ihren hohen Absätzen sich gar nich mehr auf den Beinen halten konnt. Er wollt den Lohn dafür, dass er sich so lange geduldet hatte. Hat sie hingelegt, und dann kam Teil zwei von seinem Plan. Die Kiste hat geruckelt, gewackelt und geschunkelt, obwohls doch stand und der Motor aus war! Nach sechsundachtzig Sekunden, hab mitgezählt, is der Außerirdische wieder ausgestiegen und hat seine Braut allein auf der Rückbank zurückgelassen. Hat den Ring in nen Abfalleimer geworfen und is pennen gegangen. Vorher hat er noch an nen Baum gebrunzt, ne Eiche. Bin ich zack, zack zu dem Abfalleimer gedüst, weil ich den Ring retten wollt. Dacht mir, den kann ich bestimmt später mal verkaufen. Aber der Typ in der Goldschmiedewerkstatt hat mir versichert, dass das Ding keinen Pfifferling wert is!

Is nich echt, hat er gemeint.

Florence hat sich nich mehr gerührt. Hab erst schon geglaubt, sie is tot, aber sie hat noch geatmet. Hab sie mir hinten drauf gepackt und sie Rodeo reiten lassen, bis sie vor dem Laden von ihrer Mutter hingereihert hat!

Da is der See!, sag ich zu meinem Stuhl. Der Lac de Tolla.

Is n ganz besonderer Ort für mich! Kommt mir vor wie n schwarzes Ungeheuer, das in den grünen Bergen haust. Außenrum stehen reihenweise Kastanien, Walnussbäume und Pappeln. Leg mich gern unter die Bäume und mach Siesta. Einmal hab ich n Tretboot geklaut, das da im Wasser lag. N Tretboot is im Vergleich zu nem Auto natürlich n recht schlafmützdiges Gefährt. War saulangsam, hab ich mit den Fäusten drauf rumgeprügelt und das Ding schließlich mit Steinen bombardiert. Hab nen fetten Felsen in die Höhe gewuchtet und ihn draufgedonnert. War n Scheißteil, ne schwimmende Schnecke quasi. Und ich finds halt geil, wenn ich mal was nach Herzenslust kaputt hauen kann.

Das Wasser is voll ölig. Man sieht nich aufn Grund. Man kann drin angeln und Hechte, Karpfen und Zander fangen. Aber das Wasser is halt nich klar, und es wimmelt von Algen! Von langen, dicken Schlingalgen, die beißen und stechen.

Im Sommer kommen die Kinder zum Baden her. Hüpfen kreischend von den meterhohen Felsen. Kreischen aber auch beim Schwimmen oder wenn sie mit ihren Bällen rumbolzen. Kanns nicht leiden, wenn die so kreischen!

Kommt doch mal n bisschen her, sag ich zu ihnen.

Und sie kommen, in ihre riesigen Handtücher eingewickelt. Mit schlotternden Knien und klappernden Zähnen, obwohl doch die Sonne scheint. Kennen mich natürlich, die Kinder. Tuscheln miteinander, der is im Gefängnis gewesen, weil er nämlich n psychopathischer Mörder is. Aber wenn ich aufkreuz, scharen sie sich alle um mich! Nich weil ich n Eis spendier oder Bonbons verteil, sondern weil ich ihnen die Geschichte von dem See erzähl, von dem See und dem Fluch, der auf ihm liegt. Könnens kaum erwarten, die Kleinen, sich vor Angst in die Hosen zu scheißen!

Ich fang mit der Höhle an. Die dunkle Höhle tief unten im See. So tief unten, dass noch kein Mensch drin gewesen is. Keiner von denen, die auch bloß in ihre Nähe gekommen sind, is je zurückgekehrt, alle sind gestorben! Und jedes Jahr verschwinden Kinder im See, die in der Höhle krepieren!

Da wohnt n Mädchen in der Höhle, erzähl ich den Kleinen.

Es stinkt voll nach Kloake.

Habt ihr den Gestank schon mal gerochen?, frag ich.

Wie Arsch und Friedrich!, sag ich.

Das Mädchen verbreitet so nen scheußlichen Geruch, weils nämlich verfault. Hat im vorigen Jahrhundert gelebt, das heißt, es gammelt da schon recht lange vor sich hin. Der See is n Friedhof, voll von Leichen. Ich weiß Bescheid, hab gesehen, wie die Raben reingeplumpst sind! Die sind einfach senkrecht abgestürzt! Vom See is Dampf aufgestiegen, und auf einmal hats angefangen zu müffeln! Die Raben haben gekrächzt, als würd man ihnen die Eier abschneiden! Und dann sind sie vom Himmel gefallen! Volle Kanne! Kamikazemäßig! Alle tot! Sind nie wieder aufgetaucht! Bestimmt hat das Mädchen sie gefressen, hatte wahrscheinlich Hunger. Ich weiß genau, was es will: alle umbringen.

Alle umbringen!, brüll ich.

Hieß Paoline, das Mädchen, und wie sie ihren Fluch ausgestoßen hat, wars Ende August. Ihre Haare haben im Wind geweht. Die waren lang und pechschwarz. Gingen ihr bis zu den Knöcheln. Einmal am Abend is sie zu dem Felsen gelaufen, von dem aus alle immer in den See hüpfen. Sie war erst siebzehn und hatte nen dicken Bauch, weil n Baby unterwegs war. War aber weder verheiratet noch verwitwet noch sonst was. Die andern im Dorf haben Steine nach ihr geworfen und zu ihr gesagt, sie soll abschwirren, verduften, am besten gleich nach Bastia! Sie is ne Schlampe, ne Hexe, und ihr Bengel n Bastard, der Abschaum, keiner will sie mehr hier haben. Paoline hat furchtbar Angst gekriegt. Da hat sie sich bei Vollmond auf den Felsen gestellt und n paar Verwünschungen gemurmelt. Irgendwann hat sie n Messer aus der Tasche gezogen und sich die Haare abgeschnitten. Hat die Haare in den See geworfen und is dann hinterhergesprungen!

Paoline is mit dem Kleinen im Bauch im See ersoffen. Seitdem wohnt sie mit ihm dort unten in der Höhle und ernährt sich von Kindern und Vögeln. Rächt sich am ganzen Dorf, weil das so n mieses Gesindel is, n dreckiges Pack. Bin total ihrer Meinung! Ich red viel mit ihr. Hab mir die Geschichte nich ausgedacht. Seh manchmal ihre Haare im See treiben. N mächtiges Büschel! Pechschwarz!

An eurer Stelle würd ich schleunigst die Kurve kratzen!, sag ich.

Ich zeig auf n Ding im Wasser, und die Bälger fangen an zu kreischen und nehmen die Beine in die Hand.

Sie kommt!, schrei ich.

Hab ich endlich meinen Frieden, wenn die Gören sich verzogen haben. Kann ich mich ohne Kindergebrüll unter nen Baum schlafen legen. Mag Bäume oder Stühle mittlerweile lieber als Menschen. Die lassen mich wenigstens in Ruhe.

Was für ne Bullenhitze!, sag ich zu meinem Stuhl.

Schau den fleckigen See an. Hab Lust zum Baden, aber es wimmelt ja von diesen Kackalgen! Von langen, dicken Schlingalgen, die beißen und stechen. Wie ich klein war, gabs noch nich so viele. Bin mit Pierre und Tomasine oft hergekommen. Pierre und Tomasine sind heimlich von zu Hause ausgebüxt, ich bin ihnen nachgerannt und hab die Abkürzung durchs Gestrüpp genommen. War dann völlig außer Puste, wie ich da war. Die andern waren alle schon im Wasser oder haben Ball gespielt. Wollt auch mitspielen, aber keiner hat mich in seine Mannschaft gewählt! Haben mich dafür zum Äste und Zweige sammeln in den Wald geschickt. Damit sollt ich nen Haufen fürs Feuer machen, nen Riesenhaufen. Und wie ich fertig war, musst ich Steine holen.

Geh Steine sammeln!, haben sie gesagt.

Wie viele?, hab ich gefragt.

Hunderttausend, du Trottel, haben sie gemeint.

Hab das ganze Wochenende mit Steinezählen verbracht. Hab mir die Steine dabei genau angeschaut. Die einen waren flach, die andern rund oder oval oder hatten ganz komische Formen, es gab bloß keine viereckigen. Jeder war einmalig, keiner so wie der andere, wie bei den Menschen quasi. Ich hatte weiße, schwarze, grüne, graue, gescheckte, gestreifte, zerkratzte und gepunktete. Hatt auch welche mit gelben Flechten drauf, die aussahen, als ob sie rostig wären! Die hatten unter den Bäumen am Wasser gelegen, bisschen abseits vom Weg.

Ich wär eigentlich auch gern so n Stein, sag ich zu meinem Stuhl.

Wenn ich n Stein wär, hätt ich n schönes Leben und keine Magenkrämpfe. Weiß noch, einmal nach der Schule hatten mein Bruder und meine Schwester kein Bock aufn See. Hab mich tierisch gefreut, weil die andern mit mir spielen wollten. Stand sogar voll im Mittelpunkt bei dem Spiel. Musst mich hinstellen und durft mich nicht rühren. Die andern haben den Abstand ausgemessen, vierzig Schritte. Dann haben sie einer nachm andern Steinchen nach mir geworfen. Ging darum, dass sie mich treffen. Beine, fünf Punkte. Oberkörper, zehn Punkte. Und Kopf, Jackpot! Hundert Punkte auf einmal! Ich war so was wie die Zielscheibe beim Dart, aber halt in Lebensgröße. Im Ganzen haben sie bloß zweihundertfünfzehn Punkte geschafft, weil sie so miserabel gezielt haben. Aber einen Stein hab ich an den Kopf bekommen, und das hat geblutet.

Im Anschluss wollten sie, dass ich die Steine fress, weil Spastis nun mal Steine fressen, haben sie gesagt. Waren ne Zehnerbande, haben mich aufn Boden gedrückt, in den Schlamm, haben sich auf meine Hände und meine Beine gekniet und mir die Nase zugehalten, weil ich n Mund nich aufmachen wollt. Wie ich ihn dann aufgemacht hab, haben sie mir ne Handvoll Kieselsteine reingeschüttet! Haben mich in den Schwitzkasten genommen und mir wieder die Nase zugehalten, damit ich schlucken muss!

Friss! Friss!, haben sie gegrölt.

Aber im letzten Moment is Pierre gekommen, in dem Moment, in dem ich grade schlucken wollt! Hat sich drei von denen vorgeknöpft. Die andern haben zugesehen, dass sie sich rasch ausm Staub machen. Danach hat er mich getaucht, von wegen Spülung. Hat mich angeschaut und angefangen zu weinen. Weil er die Schnauze voll hatte von mir, wie er gemeint hat. Hat das Gesicht in den Händen vergraben. Hat sich dann auf die warme Felsplatte gesetzt, wo den ganzen Tag die Sonne draufscheint. Alle wollten ständig auf der Felsplatte sitzen, weils da halt gemütlich war, war aber für meinen Bruder reserviert, der Platz! Hat ne Schachtel Zigaretten aus der Tasche geholt und sich eine angezündet. Hat geraucht und dabei erzählt, dass ich Mama umgebracht hab. Dass es meine Schuld is, wenn er keine Mama mehr hat. Dass das voll ungerecht is. Für dich isses ja nich so schlimm, hat er gesagt, weil du n Spasti bist und sowieso nix schnallst, aber für mich und Tomasine isses ne Katastrophe. Mir fehlt einfach was, hat er gemeint. Is so, als ob man mir nen Arm oder n Bein amputiert oder die Zunge abgeschnitten hätt. Bin n Krüppel wegen dir. Und wahrscheinlich wird nix aus mir, weil ich keine Mama hab, also nix Gescheites oder gar nix. Die ganze Sache macht mich so fertig, dass ich kotzen könnt. Geht auf keine Kuhhaut, wie ich kotzen könnt. Er hat mir erzählt, dass er immer n Foto von Mama unterm Kopfkissen gehabt hat, es aber irgendwann verbrannt hat, weil er so Bauchweh gekriegt hat, wenn er es angeschaut hat. Hat mir erzählt, dass er mit der Zeit vergessen hat, wie seine Mama überhaupt ausgesehen hat, wie ihr Gesicht, ihre Hände und Haare mal ausgesehen haben und wie sie gelacht hat, wie sie immer so komisch gelacht hat. Alles weg! Futschikato! Auch wenn er die Augen zumacht, hat er gesagt, und sich konzentriert, hat er bloß n verschwommenes Bild von seiner Mama. Wenn doch nur du draufgegangen wärst und nich sie! Er hat die ganze Zeit von *seiner* Mama geredet, als wärs allein seine Mama und nich auch n bisschen meine Mama, als würd ich gar nicht zur Familie gehören. Er hat gesagt, dass er mich ab jetzt nich mehr vor den andern in Schutz nimmt. Dass es ihm egal is, wenn ich verreck, dass das ja nich sein Problem is, er hätt sich nich einmischen sollen, die andern hätten mir ruhig das Maul mit Kieseln stopfen können, das wär eigentlich cool gewesen, dann hätt er mich endlich losgehabt. Hat er alles gesagt.

11

Bin auf die Welt gekommen wie andere Leute auch, hab dabei bloß meine Mama umgebracht.

War aber keine Absicht!, sag ich zu meinem Stuhl.

Mein Schädel war zu groß für den Geburtskanal und ich spät dran, wollt nicht raus. Bin ne Woche länger als gedacht im Bauch geblieben. Hab irgendwie festgesteckt, hab die ganze Zeit gewartet, dass sie presst, damit ich rausflutsch. Sie hat dann tierisch geblutet! So geblutet, dass sie im Wochenbett gestorben is. Der Doktor konnt nix mehr machen, er war auch spät dran. Hat nich bei uns im Dorf gewohnt, sondern in nem großen Haus am Strand von Ajaccio. Hat sein Köfferchen aufgemacht, sein Werkzeug ausgepackt und das Herz von meiner Mama abgehorcht.

Is tot, hat er gesagt.

Mein Papa war gleich stinksauer auf mich. Hat gemeint, dass ich n Mörder bin, er hätt mich mitm Kopfkissen ersticken sollen. Hab schon als Baby wie n Dorftrottel ausgeschaut, mein Kopf war schlicht überdimensional. Papa hat gesagt, es is ne ganz schöne Strafe, wenn man so nen hässlichen Schwachkopf wie mich hat. Dass seine ersten zwei Kinder doch normal waren. Dass ich zwar ne Riesenbirne hab, aber trotzdem überhaupt nix drin is.

Da siehts aus wie in den Karpaten, in deinem Hirn, die reinste Wüste!

Hab nicht gewusst, wies in den Karpaten aussieht, aber das Wort hat mir gefallen: Karpaten! Hab mir vorgestellt, dass es da Wölfe, Adler, Bären und Tannenwälder gibt, in den Karpaten, und außerdem Berge und Steine, so weit das Auge reicht. Hat Papa allen Leuten erzählt, dass ich nix in der Birne hab. Er dagegen hatte wenigstens immer ne Lache Wein im Bauch. Hat mich gehauen, weil ich so laut gequatscht hab oder im Weg stand, weil ich ihm die Sicht aufn Fernseher genommen oder gestunken hab, weil ich geweint hab wie n Mädchen oder hässlich war wie Scheiße, weil ich ihn aufgeweckt oder mich blöd angestellt hab oder weil ich Fliegen gefressen hab. Hat mich gehauen, einfach weil ich da war.

Bist n störrischer Esel, hat er gesagt.

Weiß noch, einmal an Weihnachten, da war ich neun, wollt Tomasine zu Haus unbedingt nen Tannenbaum haben. Hat sie farbiges Lametta drangehängt. Hat sogar nen Stern in der Schule gebastelt, der kam auf die Spitze oben drauf. N goldener Stern. Die Wiese und die Straße draußen warn reifbedeckt. Hat gefroren! Alles weiß wie Brocciu! Papa hat im Kamin n Feuer angezündet. Meine Haare haben nach Lagerfeuer gerochen. Papa hat in seinem Sessel gesessen, Wein getrunken und ins Feuer geschaut. Hat geknistert und geprasselt. Papa hat die Hände übers Feuer gehalten.

Es brennt! Es brennt!, hab ich auf einmal gerufen.

Psst!, hat mein Bruder gemacht, mitm Finger aufm Mund.

Aber es brennt!, hab ich geschrien.

Psssst!, hat er wieder gemacht.

Aber es brennt doch!

Pierre hat mir n Stück Brot gegeben, hab ich gepackt und einfach in die Ecke gepfeffert!

Es brennt! Es brennt!

Halt die Schnauze, Arschloch!, hat Papa gebrüllt.

Hab sie aber nich gehalten, konnt gar nich. Es brennt!, hab ich die ganze Zeit geplärrt, is bloß so aus mir rausgesprudelt. Ich war völlig außer Rand und Band, hab mit den Füßen gestampft, aufn Tisch gedroschen und gegen die Wand gedonnert. Hab Sachen zerdeppert. Die Teller und die Gläser sind wie Fliegen durch die Luft geflogen und dann auf die Kacheln gekracht. Hab Schiss gekriegt, weil Papa mich schnappen wollt. Wusst nich mehr wohin, da bin ich aufn Tannenbaum los! Hab mich mitm Tannenbaum in den Armen aufm Boden gewälzt. Hatt am ganzen Körper Nadeln stecken. Tomasine hat angefangen zu weinen. Die Tränen sind ihr über die Backe gekullert und den Hals runtergelaufen. Hab ich mitgeweint, damit sie nich so alleine weinen muss. Bin zu ihr hin, weil ich ihre Tränen trocknen wollt, hat sie mich aber mit ihren winzigen Füßchen weggestoßen.

Ich hasse dich!, hat sie gemeint.

Papa is schnell in die Werkstatt gelaufen. Hat mich am Schlafittchen gepackt, wie er zurück war, und mich nach draußen geschleift, wo alles weiß war. Hat mich mit nem hanfenen Schiffstau am Olivenbaum festgebunden, damit ich mich auch ja nich mehr rühr.

Wenn du dein Maul aufmachst …!, hat er gesagt.

Hab mächtig gebibbert, weil da draußen im Garten ja kein Kamin war. Hab an den Tannenbaum von Tomasine gedacht, der es drinnen kuschlig warm hatt. Der hats gut, hab ich mir gedacht. Und dann hats auf einmal geschneit. So was hatt ich noch nie gesehen. Schneeflocken! Sind gleich zerlaufen auf der Haut und waren nass wie die Tränen von meiner Schwester. Hab sie genau unter die Lupe genommen, waren wunderschön, wie Sterne. Es gab Hunderttausende davon! Konnt sie gar nich alle zählen. Weils so viele waren! Bei zweihundertzweiundvierzig hab ich aufgehört, hatt keine Lust mehr, außerdem war ich müde. Im Lexikon hatt ich mal gelesen, dass n Olivenbaum zweitausend Jahre alt wird!

Hab mir vorgestellt, dass ich n Olivenbaum bin! Meine Haut is zur Rinde geworden, meine Arme waren Äste und meine Beine Wurzeln, die sich tief in die Erde graben. Hab gesehen, was n Baum im Laufe der Zeit so alles zu sehen kriegt, Hundepisse, Gewitter, rote Blumen, Scheiße, Vögel, schreiende Menschen, Plastik, Zement, rote Blumen, Wolkenkratzer, die Sonne, Schilder, Neonlichter, Plastik, Kakteen, Wolkenkratzer, rote Blumen, lärmende Menschen, Neonlichter, Schilder, Metall, Antennen, Erdbeben, Leichen, Zelte, Kakteen, Mattscheiben, Treibhäuser, Obst, Treibhäuser, Plastik, Neonlichter, Flammen, Treibhäuser, Asche, Plastik, schreiende Menschen, Leichen, Mattscheiben, Neonlichter, Krankheiten, Plastik, Mattscheiben, Larven, Würmer, Erdbeben, Fluten, Leichen, Zelte, schreiende Menschen, Krankheiten, Neonlichter, Zelte, Flammen, Leichen, Larven, Zelte, Ballermänner, Leichen, Granaten, Larven, Krankheiten, Zelte, Ballermänner, schreiende Menschen, Leichen, Menschen über Menschen, Leichen, Plastik, Larven, Ballermänner, Krankheiten, Zelte, Flammen, Menschen über Menschen, Krankheiten, Leichen, Krankheiten, Leichen, Leichen über Leichen, die Sonne, immer wieder die Sonne, Regen, Orkane, Taifune, Tornados, hab Fluten gesehen, die das Dorf weggespült haben, und auf einmal waren tausend Jahre vergangen, der Wind hat geweht, alle Viecher waren tot und ich verdorrt, n paar Menschen hatten überlebt, waren aber auf nen andern Planeten ausgewandert, um mich rum bloß Wüste und Gerippe, dazu ne Gluthitze, und dann is n fürchterlicher Sturm aufgezogen, bin vom Blitz erschlagen worden, obwohl ich eigentlich schon tot war, und dann wars vorbei, Ende, aus, finito.

Wie ich wieder zu mir gekommen bin, hatt ich nen knurrenden Magen und Eiszapfen an der Nase. Pierre hat mich losgebunden und in ne Decke eingewickelt, damit ich auftau. Hat mich abgerubbelt. War lustig, hab gelacht und dabei mit den Zähnen geklappert. Papa hat vor dem ausgegangenen Feuer vor sich hin gedöst. Hatte mich ganz vergessen da draußen.

Is alles deine Schuld, hat er immer gesagt.

Alles bloß wegen dir!

Armer Irrer.

Scheißspasti.

An nem Sonntag vor zehn Jahren is mein Papa gestorben. Seine Leber hatte sich wie n Schwamm mit Wein vollgesaugt. Leberzirrhose, hats geheißen! Er hat überhaupt nix mehr gegessen und die meiste Zeit geschlafen. Hatte überall blaue Flecken, obwohl ihn gar keiner vermöbelt hat. Hat ständig gereihert, mal ins Klo, mal in den Kübel, der gleich neben seinem Bett stand. Hatte zum Schluss nich mal mehr die Kraft zum Schimpfen. Na ja, irgendwann isser krepiert, am Fieber. Im selben Bett wie Mama. Is ja n gemütlicher Platz zum Sterben, das Bett. Und jetzt sind sie alle zwei vereint aufm Friedhof, im Loch.

Der Tod is n riesiges Loch! Man plumpst da rein, aber wie lang dauerts, bis man unten is? Und was is dann dort unten, wenn man aufkommt? Fängt n neues Leben an, wird man wiedergeboren, kann man sich aussuchen, als was man wiedergeboren wird, oder entscheidet das der Zufall nach Gutdünken? Ich wär zum Beispiel gern ne Frau, n Wildschwein, Ayrton Senna oder n Kaktus, wenn ich da unten bin, ich würd auch gern alle möglichen Berufe ausprobieren und in die Haut von Tieren schlüpfen, vor allem in die von nem Hai, ich möcht n Baum sein, am besten n Feigenbaum, und n Stein, n Auto oder n richtiger Mann, ne große Persönlichkeit, aber wenn man jetzt nie unten aufkommt, wenn man ins Bodenlose stürzt, frag ich mich, isses dann hell oder dunkel in dem endlosen Loch, isses kalt oder heiß, is man der Einzige, der da runterpurzelt, oder purzeln die andern alle mit, dann wär ja die Hölle los in dem Loch, also vorausgesetzt, es gibt bloß ein Loch für alle, aber dann würd ich vielleicht Madame Madeleine wiedersehen, wenn ich genau aufpass, und meine Mama, wir würden uns ne Menge zu erzählen haben, ich würd sie gleich abknutschen und mich dafür entschuldigen, dass ich sie umgebracht hab, auch wenns peinlich is vor all den andern, die da auch noch zusammengequetscht sind in dem Loch, das aber auch das Nichts sein könnt! Das dicke fette Nichts! Was wiegt das Nichts eigentlich so? Nichts, gar nichts! Und da würds auch keine andern geben!

Der Tod is n riesiges Loch!, sag ich zu meinem Stuhl.

Und dieses Loch is das Nichts!

Das dicke fette Nichts!

Scheißstuhl!, schrei ich.

Ich geh auf ihn los. Schlag auf ihn ein. Der Sprung in der Sitzfläche wird immer größer. Ich mach ihn fertig, geb ihm Saures, weil er echt zu nix nutz is.

Du Niete!

Du Pflaume!

Will das dumme Ding nich mehr am Hals haben. Gehört in den Müll!

Ich werf dich weg!, geifer ich.

Der hats nich verdient, dass ich ihn überallhin mitschlepp, dass ich ihm die ganzen tollen Stellen zeig, wos gut nach Thymian, Minze und Oregano riecht und wo ich schöne Erinnerungen dran hab. War ja sogar mit ihm beim Grab von Madame Madeleine, Wahnsinn!

Scheißspasti!, fahr ich ihn an.

Ramm ihn mitm Kopf und spuck ihn an, weil das die einzige Sprache is, die er versteht!

Du Flasche!

Hab noch nie so n potthässliches Teil gesehen!

Du Taugenix!

Armer Irrer!

Mir brummt der Schädel, meine Augen tränen, und ich

zittre. In meinem Bauch rumorts, ich lass fix die Hosen runter. Geh in die Hocke. Mach Kacka. Nehm nen flachen Stein. Wisch mir den Popo damit ab. Schmeiß den Stein weg. Schau den Stuhl an, der bloß noch n Häufchen Elend is. Sieht aus wie Kraut und Rüben. N Saustall. Schleudere sämtliche Teile in den See. Die gehen ja gar nich unter. Tauch sie. Aber wenn ich sie loslass, kommen sie gleich wieder hoch. Sie gleiten mir durch die Wurstfinger, hab voll den Dreck unter den Nägeln. Die Bäume ringsum gaffen mich an, Algen schlingen sich um meine Beine. Muss weinen. Schrein. Ich schwitz. Wie n Tier. Und auf einmal wirds finster.

Lieg auf den Steinen, wie ich wieder wach werd. Hab ne fette Blutkruste am Hinterkopf. Hör die Blätter rauschen, die Walnussbäume schaukeln. Setz mich auf. Die Sonne spiegelt sich im See. In der Mitte erkenn ich was Weißes. Steh auf. Stürm los. Stürz ins Licht. Fang n Stuhlbein. Nehm ich untern Arm.

Gerettet!

Bin bis zum Bauch im Wasser. Wate wieder zurück und denk an Florence. Denk an die Nacht, wo sie weggelaufen is, weil sie im Meer baden wollt. Daran, wie sie umgezogen is und keinen mehr sehen wollt, weder ihre Mutter noch ihren Macker noch mich, ihren besten Freund. Daran, dass sie total gemein zu mir war, weil sie sich mich vom Hals schaffen wollt. Für immer! Aber das is für mich überhaupt nich infrage gekommen, das hab ich nicht zugelassen, dass sie einfach die Fliege macht.

12

Florence hat sich klammheimlich nachts ausm Haus geschlichen. Is barfuß die Straße langgelaufen. Echt barfuß! Is insgesamt drei Stunden und zwei Minuten lang gelaufen. Hab im Kopf die Zeit gestoppt. Zehntausendneunhundertzwanzig Sekunden. War Mitte September, also fast Herbst. Die Blätter von den Bäumen sind allmählich bunt geworden. Hat man schon gefroren am Abend. Hatt die Ärmel an meinen Anorak drangemacht, man kann die mitm Reißverschluss ranmachen. Müffelt zwar, der Anorak, aber is gut gefüttert.

Richtig schön warm!

Den hat mir Pierre überlassen, wie ich fünfzehn war. Wollt damals unbedingt mit den andern mit auf Wildjagd gehen. Hab n stundenlanges Gezeter veranstaltet, danach haben sie mich wohl oder übel mitnehmen müssen. War ganz glücklich, wie wir im Morgengrauen aufgebrochen sind, im Nebel. Pierre hat mir ne alte Zwölf-Kaliber-Flinte mit nem abgesägten Lauf und den Anorak gegeben, den Anorak zur Tarnung. Kam mir vor wie n Soldat im Vietnamkrieg, fehlten bloß noch die Chinesen, die im Hinterhalt lauern! Hab die Taschen, den Proviant und den Wein geschleppt. Die andern sind schon mal vorausmarschiert, waren quasi die Vorhut. Papa hatte die Hand auf die Schulter von meinem Bruder gelegt, und ich hab mich mit Magic, der auch dabei war, über Tschernobyl unterhalten. War n angeregtes Pläuschchen, war allerdings laut und hat die Tiere verscheucht.

Wird er vielleicht endlich mal sein Maul halten!, hat Papa gemeint.

Hat sich umgedreht und mir n paar hinter die Löffel gegeben. Pierre hat das Gesicht verzogen, Magic hat wie immer keinen Mucks gemacht. Sind den ganzen Tag durchn Wald getigert, sind in Deckung gegangen, haben uns ans Wild rangepirscht, haben die Würstchen verdrückt und den Wein getrunken. Sind am Abend mit leeren Händen nach Hause gekommen, hatten kein einziges Tier erlegt! Die Knarre durft ich behalten, hatt ich mir auch redlich verdient. Aber wegen dieser Knarre hab ich später nen Mordsärger mit der Polizei gekriegt! Aber psst, darf über die Knarre gar nicht reden, psst, habs geschworen, nie über die Knarre reden! Nie!

Weil die Kleine doch ne Kugel im Unterleib hatt!, sag ich zu meinem Stuhlbein.

Die guten Jäger – also nich so Luschis wie wir – ziehen ja immer ne Show ab, wenn sie n Wildschwein heimgebracht haben. Die hängens vorm alten Waschhaus auf, an den Pfoten, stechens mitm scharfen Messer vor allen Leuten auf, so, dass das Blut ordentlich spritzt, lassen das Viech ausbluten, schneiden ihm dann die Eier und n Schädel ab, nehmens aus, Leber, Lunge, Herz, Gedärm, und passen dabei gut auf, dass die Scheiße vom Darm nich aufs Fleisch tropft, sonst haben sie die Sache nämlich verbockt! Zum Schluss hacken sie die Teile mit nem kleinen Beil auseinander oder zerlegen sie mit ner Spezialsäge, anschließend schicken sie mich mit nem Teller voll

Fleischbrocken los, und ich frag im ganzen Dorf, wer welches Stück haben will.

In der Nacht, in der Flo im Meer baden wollt, hab ich sie am Waschhaus vorbeilaufen sehen. Bin ihr nachgegangen, hab aber fünfzig Schritte Abstand gelassen. Wollt nich, dass sie mich sieht, sonst wär sie wahrscheinlich wieder ausgeflippt. Is zu der Zeit wegen jedem Scheiß in die Luft gegangen. Hatte sich seit der geplatzten Hochzeit mit dem Außerirdischen ziemlich verändert. Ihr Blick war nich mehr so lebhaft, und sie hatte dunkle Schatten unter den Augen, war keine Schminke. Hat immer müde ausgesehen, dabei hat sie den ganzen Tag bloß rumgelungert! Hat nich mal mehr die Katzen gefüttert, das will was heißen. Hat sie ewig vor Hunger rummiauen lassen, hat einfach nich mehr ihren Hintern hochgekriegt. Musst ich mich für sie um die Katzen kümmern!

Bin oft den Feigenbaum raufgeklettert. Meistens hat sie mir aber die Fensterläden vor der Nase zugeschlagen!

Lass mich in Ruh!, hat sie gemeint.

Manchmal hab ich durch die Latten von den Fensterläden gelugt und gesehen, wie sie den Kopf unters Kissen gesteckt und geschrien hat. Und manchmal hab ich gesehen, wie sie zusammengerollt aufm rosa Teppich gelegen und geweint hat. Hab Vogelstimmen für sie nachgemacht und ne neue Sprache für sie erfunden, so halb Mensch, halb Möwe.

Quiek, quiek, bin ne Möwe, Flo! Quiiiiiek, ne Möwe, die furzt!

Da hat sie mit dem Weinen aufgehört und sich nen Ast gelacht.

Aber sie wollt keinen Menschen mehr sehen!, sag ich zu meinem Stuhlbein.

Nicht mal ihre Mutter! Die Alte wusst weder ein noch aus, Florence is ja gar nich mehr aus ihrem Zimmer rausgekommen. Die Alte hats überall rumposaunt, war das Tratschthema Nummer eins im Dorf. Jeder hat seinen Senf dazugegeben. Hat geheißen, vielleicht is Florence rauschgiftsüchtig, in Marseille verkaufen die Araber jetzt angeblich so nen neuen Stoff. Haben ständig Gerüchte in die Welt gesetzt, die Leute, und haben hinter meinem Rücken über mich hergezogen. Haben zur alten Biancarelli gesagt, sie soll mal n bisschen n Auge auf mich haben, man weiß ja nich, zu was der alles fähig is, den Blödsinn, den der anstellt, hat man sich lange genug angeschaut, es reicht! Und klauen tut der ja auch! Logisch hat das mit dem zu tun! Mit wem sonst, hm? Wer sonst lässt Nägel, Schraubenschlüssel, n Wecker und Kerzen mitgehen, von dem Obst und Gemüse ganz zu schweigen! Okay, er klaut kein Geld, dafür hier mal n Messer und dort ne Hacke oder ne Kelle, und Diebstahl is Diebstahl, das gehört bestraft! Außerdem haben Sie den ja auch noch dabei erwischt, wie er Florence gezwungen hat, dass sie ihm ihre Brüste zeigt, das gibts doch nicht, und mein Gott, hoffentlich is da nich noch mehr passiert, aber vielleicht doch, bestimmt hätt er noch mehr mit der Kleinen getrieben, wenn er nich auf frischer Tat ertappt worden wär! Diebstahl, Vergewaltigung, im Kopf von der alten Biancarelli ging alles durcheinander. Also wenn man Ihnen nen guten Rat geben darf, haben die Leute gesagt, dann rufen Sie die Polizei, und zwar dalli, genau, rufen Sie die Polizei, bevors zu spät is, das is sicherlich das Beste, um ne Katastrophe abzuwenden!

Die Leute hatten einfach null Ahnung. Null Ahnung von der Geschichte mit ihrem Macker. Wussten nich, was fürn Drama sich abgespielt hatte. Muss echt sagen, Doumé is einfach n Angsthase, der die Hosen voll hat. Genau, der hat tierisch Muffe gekriegt, wie ers erfahren hat, wegen seiner unfruchtbaren Frau. Der hat die Kleine angeschnauzt wie nen stinkenden Fisch, selber schuld, hättest du halt aufpassen müssen, verdammte Scheiße, was soll ich n jetzt machen? Verdammte Scheiße noch mal, seit wann weißt du das überhaupt? Wie lange kann mans wegmachen lassen? Bis zur sechsten Woche? Bis zur achten? Bis zur zwölften? Woher soll ich denn das wissen? Is Weiberkram, musst dich halt erkundigen, aber keine Sorge, ich zahl das natürlich, du kannst das aber nich hier machen lassen, auf gar keinen Fall, spricht sich doch alles rum, und außerdem sind das sowieso lauter Pfuscher hier, fahr nach Marseille, nimm die Fähre oder das Flugzeug, das Flugzeug geht schneller, wie lang dauert die Operation? Ne Stunde, zwei, drei? Vielleicht kann man die Sache an einem Tag erledigen, morgens hin, abends wieder zurück, aber was soll ich n meiner Frau erzählen, hä? Hast dir schon überlegt, was ich Noëlle erzählen soll, warum ich mal kurz nach Marseille muss? Ich bin Wirt, keine Stewardess, verdammte Scheiße! Da hast du mich echt in ne ganz schöne Scheiße reingeritten, Mann!

Zum Schluss hat er ihr eröffnet, dass es wohl das Beste is, wenn sie sich vorläufig nich mehr miteinander blicken lassen, dass er jetzt erst mal nachdenken und n Plan schmieden muss.

Also hat die Kleine gewartet, bis er seinen Plan schmiedet. Aber nix is passiert, Doumé hat überhaupt keinen Plan vorgestellt, hat die nächsten zwei Wochen nix von sich hören lassen. Absolute Funkstille! Der Typ is auf Tauchstation gegangen, dieser Feigling, das Stück Scheiße, so n Hampelmann, dieser elende Franzose, voll der Waschlappen, n Hanswurst, n Drecksack is das, n Sardinier, n Hosenscheißer, ne Null, n Armleuchter, n Spasti, n Spinner, n Schlitzauge, der Dorftrottel, n dreckiger Araber, n Rhinozeros, n Hammel, ne Schwuchtel, n Schweinepriester, n Franzose, ne Nervensäge, n Widerling, n Kotzbrocken, n Stück Scheiße, n Schlappschwanz, n Saftsack, ich könnt ewig so weitermachen, ich hab so nen Haufen Schimpfwörter auf Lager. Jedenfalls bin ich in der Nacht mal mit nem spitzen Kieselstein in der Hand komplett um seinen Protzschlitten rumgegangen und hab ihm den Lack zerkratzt! Rache is Blutwurst. Habs hinterher der Kleinen erzählt. Hat sie mich angelächelt. Und das Schönste gesagt, was je jemand zu mir gesagt hat:

Zum Glück hab ich ja noch dich.

Haben wir das blaue Meer erreicht, nach drei Stunden und zwei Minuten Marsch. Flo hat vierundvierzig Sekunden nur das Meer angeschaut. Ich hatt so was noch nie gesehen. So n stilles Blau. Und der Himmel war genauso blau, waren ganz dicke, der Himmel und das Wasser. War wirklich ne Schau. Aber dann haben die Vögel gesungen, das Licht hat sich verändert, und ich hab gar nich mehr drauf geachtet.

Die Kleine hat sich im Schneidersitz in den Sand gesetzt, so ganz allein. Hat drin rumgebuddelt, ne Handvoll genommen und den Sand durch die Finger rieseln lassen. Ich hab mich hinter nem Felsen versteckt. Dann hat sie ihr langes Micky-Maus-T-Shirt ausgezogen, das ihr bis übern Popo ging. Hab ihre Möpse gesehen, prall wie Melonen. Die hat sie platt gedrückt. Sind ihr aus den Händen rausgequollen, die Möpse, hat sie das Gesicht verzogen. Sie is aufgestanden und ins Wasser gegangen. In der Unterhose. Is geschwommen, ziemlich schnell, ihre Arme sind bloß so durch die Luft gewirbelt. Und hat feste mit den Beinen gepaddelt, dass es gespritzt hat. Is ganz schön weit rausgeschwommen. Das Meer war glatt wie Öl. Keine Wellen, kein Strudel, nur die Kleine, die wie n Blütenblatt aufm Wasser getrieben hat. Hat das Meer geteilt, dieses Blütenblatt.

Irgendwann war sie bloß noch n winziger Punkt am Horizont!, sag ich zu meinem Stuhlbein.

Vielleicht war sie sogar schon über die Grenze geschwommen, also weiß gar nicht, wo genau die Grenze verläuft. Die wollt abdampfen! Konnt sie jeden Moment aus den Augen verlieren! Konnt sie nich mehr einfangen! Nie und nimmer! Das Meer war mir zu tief, ich kann nich schwimmen. Die wollt n Abgang machen, verflucht! Hab ich geschrien. Hab geschrien so laut ich konnt. Wie am Spieß. Hab nen Fischer angeschrien, der da in seinem Fischerboot saß. Hatte n ganz rotes Gesicht, der Fischer. Hatte gar nicht mitbekommen, dass Florence rausgeschwommen war.

Sie ertrinkt, sie ertrinkt!, hab ich geschrien.

Hab mitm Finger auf den kleinen schwarzen Punkt im blauen Wasser gedeutet.

Will nicht, dass Florence ertrinkt!, hab ich geschrien.

Der Fischer hat den Motor von seinem Boot angeschmissen und die Kleine ruckzuck eingeholt! Hat sie überlebt, dank dem Fischer und mir. Hab mich gefreut wie n

Schnitzel. Einmal, wie ich aufn Feigenbaum geklettert bin, hat mir Flo erzählt, dass sie auch nach Paris ziehen will, wie meine Schwester Tomasine! Dass sie sich mit Doumé vom Acker macht, dass sie zusammen abhauen werden, sich dort ne kleine Wohnung unterm Dach nehmen, im Quartier Latin, und glücklich sein werden. Von ihrem Fenster aus würd sie auf die Schornsteine von der Stadt und den Eiffelturm schauen, sie würd bei Sonnenaufgang auf ihrem kleinen Balkon stehen und eine rauchen, während Doumé noch schläft, sie würd Croissants holen und Kaffee kochen, und nach dem Frühstück würden sie Liebe machen, sie wollt so gern Paris sehen, die Champs-Élysées, den Louvre, sich an der Uni einschreiben und Anglistik studieren, sie war ja nicht dumm, ihre Lehrer hatten ihr immer gesagt, dass sie sprachbegabt is, sie wollt jeden Tag ins Kino gehen, wenn ihr danach war, einkaufen und abends in die Disko. *Because I am a woman now*, hat sie gemeint.

Hab ich nicht lange gefackelt, hab ich versucht, sie anzuspucken. Aber nix getroffen, Schnaps gesoffen, hatt wohl nicht genügend Schwung geholt. Mir sind die Pariser nämlich damals so richtig zu den Ohren rausgekommen. Hatt ja auch noch keine fünfzehn Jahre im Zuchthaus gesessen und kannte Saguézé noch nich. Hab meine Ansichten über die Pariser dann nämlich geändert, wie ich Saguézé kennengelernt hab.

War beim Freigang im Hof. Bin die ganze Zeit wie n Wilder im Kreis gerannt, damit die andern mich nicht kriegen. Damit sie mich nich erwischen! Wenn sie mich nämlich erwischt hätten, wärs aus mit mir gewesen! War für die das Mädchen für alles! So haben die über mich geredet: das Mädchen für alles!

Und wenn ich nicht gemacht hab, was die gesagt haben …, sag ich zu meinem Stuhlbein.

Mag mich gar nicht dran erinnern, sonst kipp ich noch ausn Latschen. Hab mir wegen jedem Scheiß in die Hose gemacht. War nicht zu spaßen mit den andern Knackis, da war ich mal lieber kein störrischer Esel, sonst wär ich hopsgegangen.

Aber mit Saguézé is auf einmal alles anders geworden. Er is aufgetaucht, hat mit den Knackis geredet, und dann haben sie mich in Ruhe gelassen. Das waren ja echt Künstler! Plötzlich haben die mich gesiezt, ganz höflich, mit allem Drum und Dran. Saguézé hatt aber auch voll die Muckis, n Bizeps, hart wie Stahl, und war außerdem noch tätowiert. War der Boss im Gefängnis, hat nen Wahnsinnsruf genossen, weil er n Mafiagangster war und nen Haufen Kohle hatte, hab keine Ahnung, woher. Hat n paar Kerle umgelegt bei nem Coup, wo was ins Auge gegangen is, und sich wie n Anfänger schnappen lassen, hat er mir so erzählt. Wollte, dass wir Freunde werden, weil ich ihn an seinen Bruder erinnert hab, hat gesagt, wir gleichen uns wie ein Ei dem andern, sein Bruder und ich.

Musst hier keine Angst mehr haben, hat er zu mir gesagt.

Roger!, hab ich geantwortet.

Haben ständig zusammen rumgehangen, das heißt, n paar andre waren auch noch dabei. Hatten ne Menge Spaß, Saguézé hat beim Essen immer ne Extraportion für mich rausgeschlagen, solche Sachen. Aber dann hat sich wieder alles verändert. Einer aus unsrer Bande hat mir nämlich ne schlechte Nachricht verkündet, ne ganz furchtbare Nachricht, weiß noch, war Samstagvormittag, ich hab auf ner Bank im Hof gesessen. Hat er mir doch mitgeteilt, dass unserm Boss seine Mutter ne waschechte Pariserin is und ihr Sohn folglich auch immerhin noch n halber Pariser. Is so, hat er gesagt, ich schwörs.

Blutsverwandtschaft nennt man das, sag ich zu meinem Stuhlbein.

Hatte mir gar nicht erzählt, wo er überhaupt herkommt, Saguézé, dieses Eins-a-Arschloch, was für Wurzeln er hat. Hatt mir seine Herkunft verschleiert! War n echter Schock für mich, Verrat, schlimmer noch wie Ehebruch.

War die absolute Katastrophe!

Mindestens nen Monat lang konnt ich Saguézé nich mehr riechen, hat er mich tierisch angekotzt! Hätt ihm ins Gesicht springen können, wenn er mir übern Weg gelaufen is. Hab vor ihm aufn Boden gespuckt, aber hab natürlich schon aufgepasst, dass ich ihn nicht treff, bei den mächtigen Muckis, die er gehabt hat. Hätt ich n Messer einstecken gehabt, hätt ich ihn garantiert abgestochen! Hab nix mehr drauf gesagt, wenn er mit mir geredet hat, damit er spitzkriegt, wie er mich ankotzt. Hab einfach keinen Pieps mehr gesagt! Keinen Muckser mehr gemacht! Sendepause! Da hat er sich nen Ast gelacht. Und war voll ansteckend, wenn er so gelacht hat wie n Wal. Hab mich zwar angestrengt, mir nix anmerken zu lassen, bloß meine Lippen haben so gezittert. Kann man nix machen gegen das Lachen. Sind wir also wieder Freunde geworden nach ner Zeit, war mir auch abgegangen, unsre Freundschaft. Eigentlich wars mir doch egal, wo er herkam und was für Wurzeln er hatt! Dacht mir, vielleicht sind die Pariser gar nicht alle doof, auch wenn sie natürlich an sich n blöder Haufen sind. Saguézé war der lebende Beweis dafür, dass in Paris nich lauter Arschlöcher sind! Auf einmal haben wir uns wieder unterhalten, sind wir in unseren alten Trott reingekommen, wars wieder genauso wie früher.

Hab ihm erzählt, dass meine Schwester Tomasine auch in Paris wohnt, dass sie ne super Sängerin und Tänzerin is, aber total unbekannt. Und er hat mir von seinem Bruder erzählt, dass bei dem zwar ne Schraube locker is, der ansonsten aber saunett is. Haben über alles Mögliche gequatscht, über Gott und die Welt, die Macchia, Autos, die Berge und so weiter. Saguézé war einer, auf den man sich verlassen konnt, wenns einem mal nich so gut ging. Dieselbe Sorte wie Madame Madeleine. Aber er is auch gestorben. Jetzt hab ich keinen mehr, der zu mir hält.

Er war immer für mich da!, sag ich zu meinem Stuhlbein.

Wie Senna am ersten Mai 1994 mit seinem Williams-Renault FW16 in Imola verunglückt is, hat er mir nen Fernseher und nen Videorekorder in meine Zelle gebracht, damit ich mir die Bilder von dem Unfall die ganze Zeit anschauen konnt. Drei Monate hab ich bloß Rotz und Wasser geheult, hab mich auch nich mehr beim Hofgang blicken lassen! Wollt unbedingt sterben, um Ayrton ne Ehre zu erweisen. Der Doktor im Gefängnis hat sich Riesensorgen um mich gemacht. Hat mir die Idiotentabletten verschrieben, hab ich aber nicht genommen! Dafür hab ich mir jeden Tag n Stückchen Bitterschokolade mit Mandeln eingeworfen, das Saguézé mir persönlich gebracht hat.

Um dich bisschen aufzumuntern!, hat er immer gesagt.

Hat gut funktioniert, die Behandlung, nach einem Jahr war mein Kummer nämlich plötzlich vorbei. Is hundertpro weitergewandert, zu jemand, der den Kummer besser vertragen konnt als ich. Man kann immer glücklich sein, auch wenn Freunde gestorben sind. Werd Ayrton, Madame Madeleine, Florence und den Boss sicher nie vergessen, aber ich denk jetzt nich dauernd an sie. Sonst hätt ich ja ständig Magenkrämpfe und könnt das Leben überhaupt nich aushalten. Florence hätt auch jemanden gebraucht, der ihr jeden Tag n Stückchen Schokolade bringt. Dann hätt sie vielleicht nicht tot im Wald gelegen!

Hab gegrinst wie n Honigkuchenpferd, wie der Fischer die Kleine in sein Boot gehievt und dann das Boot an Land gezogen hat! Konnt gar nich mehr aufhören zu grinsen. In meinem Kopf hat sich alles gedreht, dabei hatt ich überhaupt nix getrunken.

Florence!, hab ich gebrüllt.

Du lebst!

Sie war aber sauer. Hat sie mir unter Tränen an den Kopf geworfen, dass ich ihr überall hinterherrenn und auf Schritt und Tritt folg. Scheiße, hat sie gesagt, ich mocht bloß an die frische Luft und kein Schwein sehen, wenn ich Bock hab zum Schwimmen, dann schwimm ich, basta! Ich hab die Schnauze voll von dir, lass mich endlich in Ruh! Sie wollt nich, dass ihre Mutter was mitkriegt von der Sache! Wie dann die alte Biancarelli aber doch Wind davon bekommen hat, is sie voll auf mich zugestürmt! Is sie vor mir auf die Knie gefallen und hat mich umschlungen. Hab fast keine Luft mehr bekommen, so fest hat sie ihren Kopf an meinen Bauch gedrückt. Sie hat in meinen Armen gelegen und geweint wie n Schlosshündchen! Plötzlich sind alle Dämme gebrochen! War echt ne Schau!

Sie wird sterben, hab ich gesagt.

Was meinst du?, hat sie gefragt.

Im Wald!

Da hat mich die alte Biancarelli losgelassen und aufgehört zu weinen. Hat mir an den Kopf gelangt und mir n Büschel Haare ausgerissen! Weiß noch, hatt ich dann so ne kahle Stelle! Die Alte hat mich angefaucht wie ne Hexe und dabei ne Menge Schimpfwörter benutzt, die ich gar nich kannte. Anschließend hat sie die Polizei angerufen und denen erzählt, dass ich n schlimmer Vergewaltiger und außerdem n gefährlicher Pädophiler bin, dass sie mich einsperren sollen, bevor ich noch was anstell!

Quatsch mit Soße! Konnt damals überhaupt kein Vergewaltiger sein, war ja noch Jungfrau! Hatte meinen ersten Geschlechtsverkehr erst 2001, wie ich ausm Gefängnis entlassen worden bin! Hab ich zwei Fliegen mit einer Klappe geschlagen. War schon achtundvierzig, fast neunundvierzig! Saguézé hat die Sache für mich eingefädelt. Hat sofort gecheckt, dass ich meinen Schniedel noch nie irgendwo reingesteckt hab, und in n Mädchen schon gar nich, wie wir uns mal drüber unterhalten haben. Hab mich null ausgekannt, dachte, mit nem Mädchen schlafen heißt neben ihm in der Heia liegen. Saguézé is echt die Spucke weggeblieben.

Scheiße, du bist ja noch Jungfrau!, hat er gemeint.

Wenn du rauskommst, steckst du deinen Schniedel rein!

Ich versprechs dir!

Roger!, hab ich gesagt.

War ihm ne Herzensangelegenheit, dass ich meinen Schniedel reinsteck. Du musst wissen, wie das is, hat er mir eingetrichtert. Er hat ja lieber aufm Klo gesessen und sich Hefte mit nackten Männern angeschaut, die ausgesehen haben wie Spiegelschränke. Da gabs n Spezialversteck für die Hefte. Darf nich sagen, wo dieses Spezialversteck genau war und wer die Hefte alles angeguckt hat, weil, wenn man in der Mafia is, muss man schweigen wie n Grab.

Jedenfalls hat der Boss das Ganze für mich gedeichselt, wie ich freigelassen worden bin. Hat seinen Kumpels in Marseille Bescheid gegeben, und die haben ne Eins-a-Entjungferung für mich organsiert, der Boss selber musst ja noch zwei Jahre sitzen. Die Jungs haben n Mädchen eingeladen, hieß Cassandra. War fett und hatte strohige blonde, fast weiße Haare. Hatte ne kurze Jeans mit Fransen und ne durchlöcherte Strumpfhose an. N ganz schön hässliches Entlein. Wenn Saguézé dabei gewesen wär, hab ich mir gedacht, hätt er bestimmt ne schönere Frau für mich aufgetrieben. Aber immerhin hat sie sich bereit erklärt, für nen Batzen Geld mit ins Hotel zu kommen. Die Jungs haben nen Zuschlag bezahlen müssen, weil ich n Spasti war und gestunken hab. Außerdem, hat Cassandra gemeint, sind durch die Einführung des Euro die Lebenshaltungskosten enorm gestiegen.

Hab sie an der Hand genommen, wie wir ins Zimmer raufgegangen sind, und auf einmal hab ich sie doch recht hübsch gefunden. Nachdem wirs gemacht hatten, bin ich am Alten Hafen spazieren gegangen. Hab nach dem Vanilleparfüm geduftet, das sie in den Haaren hatte. Bin ganz ruhig rumgebummelt, wie n Gentleman, haben bloß noch die Krawatte und die blitzblanken Schuhe gefehlt. Hab mir die Schiffe und die Haufen Masten angeguckt, die in den Himmel geragt haben. Hab mir das Geklapper von den Masten und das Möwengekreisch angehört. Hab mich für eindreiviertel Stunden aufn Boden gesetzt. Dachte mir, morgen fahr ich nach Hause. Morgen seh ich die Berge, die Habichte und die Strohblumen wieder. Kam mir vor wie n richtiger Mann, nachdem ich mit Cassandra geschlafen hatt.

1986 konnt ich also gar kein Vergewaltiger sein! Entweder Jungfrau oder Vergewaltiger, beides gleichzeitig geht doch nich! Die alte Biancarelli hat die Polizisten angelogen. Die haben sich alles genau aufgeschrieben, Name, Alter, Adresse und so weiter, haben das aber überhaupt nicht überprüft, was die Biancarelli ihnen erzählt hat. Und haben mich vorläufig festgenommen!

Hätten mal lieber Noëlle Casanova mit ihrer unfruchtbaren Gebärmutter festnehmen sollen, die Pfeifen! Die is nämlich total ausgeflippt, wie sie erfahren hat, dass ihr Mann ner entfernten Cousine von ihr, die auch noch zwölf Jahre jünger is als sie, klammheimlich n Kind gemacht hat!

13

Hats auf der Hochzeit vom Außerirdischen erfahren, die in der Wirtschaft von Doumé stattgefunden hat, dass ihr Mann sie betrogen hatt und Florence schwanger war. Die Hochzeit war am 25. Oktober 1986, n Samstag, ne Woche bevor Florence in Marseille ihren Termin zur Abtreibung hatte.

War ne schöne Feier!

Die neue Braut von E. T. war nich besonders hübsch, aber auch nich allzu hässlich, ne langweilige Bohnenstange mit Dutt und nem kurzen Pony. Hieß Nicole, Nicole Baupain! Hatte nen dicken Bauch und geschwollene Füße in ihren spitzen weißen Schuhen. Wie der Außerirdische ihr den Ring anstecken wollt, hat der gar nicht draufgepasst, weil ihre Hand so aufgedunsen war wie der ganze Rest. Der Außerirdische hat Spucke nehmen müssen, damit er ihn draufbringt. Muss vielleicht dazusagen, Nicole war ungefähr im sechsten Monat schwanger, also schon viel weiter als Florence. Das Brautpaar hat sich geküsst unter dem Jesus, der an seinem Kreuz hing, und sich ewige Liebe geschworen.

Hab ganz hinten beim heiligen Sebastian gestanden, dem mit den Pfeilen in der Brust. Hab geklatscht und Halleluja geschrien! Amen! Schlachtet n Lamm! Weiche, Satan!

Ketzerei! Sagt man doch so in der Kirche. Haben sich alle umgedreht und mich gerüffelt, ich hab aber bloß tierisch breit gegrinst. Der Pfarrer hat Hosianna in der Höhe gesungen, wies sich im Gottesdienst gehört, und n Mädchen, das n schönes Kleid angehabt hat, zum Kollektesammeln rumgeschickt. Hab n paar Kieselsteine in die Weidenschale gelegt, weil ich auch was in die Schale tun wollt. Zum Schluss haben die Glocken geläutet, und alle haben vor der Kirche rumgegrölt und Reis geschmissen.

Der Außerirdische hat nich ganz freiwillig geheiratet, die Geschichte mit Nicole is n bisschen ausm Ruder gelaufen. Hat sie auf der Schule für Fernmeldetechniker kennengelernt und gleich mit ihr geschlafen! Hat dann noch öfter mit ihr geschlafen, im Bett, auf ner Bank im Freien, am Klo, aufm Häuschen, im stillen Örtchen und hinter nem Baum, ner alten Linde. Hat Nicole aufgerissen, weil er für Florence und seinen zweiundzwanzigsten Geburtstag trainieren wollt. Das muss n Jahrhundertereignis werden, hat er gemeint, ich möchts voll bringen, der Beste sein, *champion of the world*! Aber nach seiner Sechsundachtzig-Sekunden-Nummer in dem grauen R 4 und wie er dann gehört hat, dass Florence schwanger is, hat er Tabletten geschluckt, weil er sterben wollt. Die Tabletten waren aber harmlos, außerdem hätt er mehr nehmen müssen. Hat nix geklappt, wie er sich das vorgestellt hat!

Nicole hat so nen säuerlichen Geruch verbreitet, der gar nich mehr weggegangen is. War aus ner stinkreichen französischen Familie, also in ihren Adern is kein korsisches Blut geflossen. Wusst überhaupt nicht, wohin mit dem ganzen Geld, die Familie Baupain, is förmlich drin geschwommen. Ne Abtreibung kam für die jedenfalls nich infrage! Gab strenge Regeln in der Familie! Da hat die keinen Spaß verstanden! Aber Nicole hatte ja schon voll die Muttergefühle entwickelt, was irgendwie seltsam war, das Kind war noch gar nicht auf der Welt, und es konnt ja auch n Spasti werden. Sie wollt es unbedingt haben, geschwind heiraten und n geordnetes Leben führen, das war ihr Ziel. Der Außerirdische hat am Anfang null Bock gehabt auf Baby und Heiraten, wollt bloß noch sterben! Hat ganz schön in der Patsche gesessen. Aber mit der fetten Kohle hat sich die Sache dann schon eingerenkt.

Trotzdem hat er immer noch Florence im Kopf gehabt und sich ausgemalt, wie toll es sein könnt mit ihr. Ne große Liebe wird man halt nich so leicht wieder los. Is wie mit den Läusen!

Florence und ich sind wie füreinander geschaffen!, hat er mir erzählt.

Nach der Trauung sind alle zum Feiern in die Wirtschaft von der Schweinebacke Doumé gegangen. Gab nen Haufen Fleisch. Hab ich mir gleich die Taschen damit vollgestopft, man durfte sich ja bedienen, jeder konnt sich so viel nehmen, wie er wollt. Hab mich bei Nicole vorgestellt, sie höflich begrüßt und zu ihr gesagt, dass ihr Kleid ja knalleng is. Hab sie auch gefragt, ob der Ring echt is, und sie hat gemeint, vierundzwanzig Karat.

Alter Schwede, vierundzwanzig Karat!, sag ich zu meinem Stuhlbein.

Hab mich dann aber schnell wieder verdrückt, weil der säuerliche Geruch und der von dem Fleisch ne eigenartige Mischung ergeben haben, das hat nich zusammengepasst. Die andern hatten sich alle richtig schick gemacht. Die

Frauen hatten sich in Kleider gezwängt, die nicht übermäßig praktisch aussahen. Hatten ihre Sonntagsschuhe an und Hüte auf. Haben sich gegenseitig von oben bis unten gemustert und wahrscheinlich drüber gebrütet, welche sich da jetzt am saubersten rausgeputzt hat. Bin nicht dahintergekommen, ob die lächeln oder nen Flunsch ziehen.

Flo hatt sich aufn hohen Barhocker gepflanzt und die Füße auf die Querstange von dem Hocker gestützt. War eindeutig die Schönste auf der Feier! Hat nen engen Rock, ne weiße Bluse, die ziemlich weit offen stand, und gut gewichste Stiefel angehabt. Der Rock war aus so nem glänzenden Stoff, der geglitzert und geschillert hat wie Alufolie. Alle haben ihre Beine und ihren Busen angestarrt, haben ihr aufn Mund und in die Augen geschaut, die Frauen wie die Männer. Die haben so getan, als würden sie sich unterhalten, aber in Wirklichkeit haben sie bloß Florence angegafft. Der Außerirdische hat sich die ganze Zeit am Nacken gekratzt, hat ihn so gejuckt. Hat sich die Haut aufgekratzt und Schweißflecke unter den Achseln gehabt. Weil die Kleine so fesche Beine hatte! Is er mal rausgegangen, frische Luft schnappen, sich n bisschen abkühlen. Nicole hat ne ganz komische Fratze geschnitten.

Die hatte keine Ahnung von dem, was bei uns im Dorf alles los war. Kannte die Leute nicht, wusste nicht, was für Gerüchte umgingen und was für Geschichten es gab. Hat sie sich mal erkundigt, was das für n Mädchen is, das da in der Mitte sitzt und so viel Aufmerksamkeit auf sich zieht, und ob etwa Yvan das eingeladen hat! Is zu so ner typischen Baupain hingegangen und hat der ins Ohr getuschelt, wo massenweise Karat dran baumelten, hat die Antwort aber gar nicht abgewartet:

Is die ordinär!, hat sie gezischt.

Die sollt sich was schämen! Echt!

Eigentlich hatte Florence ja gar nicht kommen wollen, weil ihr Bauch Zicken gemacht hat. Aber mochte unbedingt sehen, wie der Außerirdische sich anstellt. Doumé hatte sich von dem Schrecken inzwischen erholt. Nach dem Bad von der Kleinen im Meer hat er die Sache in die Hand genommen und nen Termin in ner Klinik in Marseille vereinbart, war alles geritzt. Und je näher dieser Termin gerückt is, desto mehr hat er sich bestimmt gedacht, haben wir auf jeden Fall die richtige Entscheidung getroffen, ja, immer schön vernünftig bleiben, sie is noch zu jung für n Kind, hat ihr Leben doch noch vor sich, is die ganze Jugend flöten, wenn sie jetzt n Kind kriegt, dann kann sie sich alles abschminken, studieren in Paris und so weiter! Irgendwann wird sies zwar mit Sicherheit bereuen, dass sie abgetrieben hat, aber wir haben schließlich noch ne Menge zusammen vor, wollen mitm Motorrad über die Insel brettern, und außerdem is da ja noch ihre Mutter! Die alte Biancarelli! Was die wohl dazu gesagt hätt? Die wär garantiert in die Luft gegangen, die wär aus der Haut gefahren, ich kenn sie doch, is einfach nich gut Kirschen essen mit ihr, ihre Reaktionen sind unberechenbar! Vor allem aber hätt man sich auch in Verruf gebracht, es hätt ne riesige Tratscherei gegeben, und Noëlle hätt uns den Spaß am Leben verdorben, wir hätten die Fliege machen können, ausm Dorf verschwinden müssen und ganz weit fortziehen! Aber wohin mit dem kleinen Knirps? Wär echt nich der richtige Zeitpunkt gewesen, ich kann mir grade überhaupt keine zusätzlichen Ausgaben leisten, muss den Kredit von der Bank abstottern, möcht die Wirtschaft renovieren und mit dem Russen ne Disko aufmachen, hab ihr ja noch gar nich gesagt, dass wir jetzt nen Namen für den Schuppen gefunden haben, Apokalypse, is doch n guter Name, bin wirklich gespannt, was sie davon hält, na ja, aber ich kann das mit der Kohle nich stemmen, sie geht ja auch nich arbeiten … also ich meine, sie braucht sich jetzt keine Sorgen zu machen, alles wird gut, ich hab mit den Ärzten telefoniert, das is n völlig ungefährlicher Eingriff, und ich bin ja auch dabei, halt ihr das Händchen, lass sie nicht allein, ja woher denn, sie is doch nich mutterseelenallein, ich bin für sie da, ich liebe sie, genau, ich liebe sie, ich liebe sie sogar immer mehr, bald is das Ganze vorbei und dann wird wieder alles wie früher.

Hat er mit ihr ausgemacht, dass sie sich bis zu dem Termin nich mehr treffen. Damit niemand Verdacht schöpft!

Null Risiko eingehen!, hat er ihr eingeschärft.

Aber es is ja auch die Hochzeit von Yvan und Nicole. Da sehen wir uns doch, oder?, hat Florence gesagt.

Soll sie sich mal was ausdenken, hat er geantwortet, warum sie an dem Tag das Bett hüten muss, wegen ner Magen-Darm-Geschichte vielleicht. Aber die Kleine war halt so was wie n rauchendes Pulverfass. Wollte nich traurig zu Hause sitzen und sich langweilen und wollte sich vor allem dieses Ereignis nich entgehen lassen, ne Hochzeit, und dann auch noch die von Yvan, ihrem alten Freund, da muss ich doch hin, hat sie sich wahrscheinlich gedacht, das würd er mir verdammt übel nehmen, wenn ich nicht komm, und zwar völlig zu Recht, ich würds ihm auch krummnehmen, wenn er zu meiner Hochzeit nicht kommen würd, schön, dass er jetzt endlich die Richtige gefunden hat! Gibt doch für jeden Topf den passenden Deckel! Wie lang hab ich ihn eigentlich schon nich mehr gesehen? Zwei Monate? Ja, genau, sein Geburtstag is jetzt zwei Monate her, wo er mir so nen schrägen Heiratsantrag gemacht hat, meine Güte, mit Ring und allem Pipapo, so ein Trara! Mann, war ich besoffen, voll mit Whisky abgefüllt, kann mich an nix mehr erinnern, außer dass ich mir tierisch n Ast gelacht hab, was ihn bestimmt wahnsinnig geärgert hat, und dann hab ich ja auch noch gekotzt! Die Nummer im Auto hatte sie komplett gestrichen! Wieso, was fürn Auto? Wie sie sich dann mal mit mir drüber unterhalten hat, is ihr plötzlich klar geworden, dass die Albträume, die sie die ganze Zeit gehabt hat, eigentlich erst nach dem Geburtstag vom Außerirdischen angefangen haben. War so ne Art Kriechtier in ihren Träumen, der Außerirdische, oder n Nazi mit Skorpionschwanz! War gruselig, is sie schweißgebadet aufgewacht! Und zum Schluss sind immer kleine Kinder vom Himmel gepurzelt, so viele, dass sie sie gar nich mehr zählen konnt, wie Schneeflocken, die man auch nich mehr zählen kann, war schauderhaft, weil die Kinder alle tot waren, und sie hat geweint, und da is auf einmal Doumé mit ner Schaufel in der Hand aufgetaucht und hat versucht, in der Erde zu buddeln, damit die Kinder beerdigt werden, aber die Erde war steinhart, wie Granit, isser nich vorangekommen, und überall haben die toten Kinder rumgelegen, alles voll von Leichen, und dann is der Außerirdische mitm Auto angerauscht und hat Doumé zusammengefahren! Und ganz zum Schluss isser auch über sie drübergefahren! Immer wieder! Jedenfalls wollt sie sich die Hochzeit nich durch die Lappen gehen lassen, sie wollt unbedingt hin, auch wenn sie ihrem Doumé nich um den Hals fallen, ihn gar nich anfassen, nich mal mit ihm reden durft. Durft ihn bloß aus der Ferne bewundern.

Hat sie sich also aufn Barhocker in der Mitte vom Raum gehockt, damit er sie nicht total übersieht. Hat ordentlich Champagner gesüffelt. Gab Moët & Chandon, musst man schon ausnutzen. Ich glaub, sie hat locker drei Gläser auf ex gekippt! Zwischendrin hat sie immer ganz tief Luft geholt. War aber auch stickig in der Wirtschaft. Ihre Mutter hat zu ihr gesagt, dass das ne lächerliche Schau is, was sie da abzieht, und dass sie sofort aufhören soll damit! Hat versucht, ihr das Glas aus der Hand zu reißen, aber Flo hat schon ihren Dickschädel gehabt, hat sie sich nicht gefallen lassen!

Florence! Basta!, hat ihre Mutter geschrien.

Lass mich los!, hat die Kleine zurückgeschrien.

Bin ich dazugekommen, hab ne Scheibe Wurst aus der Tasche gezogen und sie Florence angeboten. Sie wollt aber nicht, hat keinen Hunger gehabt. Da is die Alte mit einem Mal auf mich zugestürmt und hat mich ganz fest in die Backe gekniffen, weil sie mich so aufm Kieker hatt. Hatt nen blauen Fleck davon.

Zieh Leine!, hat sie mich angeschnauzt.

Ich seh Flo schon im Wald liegen, hab ich gesagt.

Du sollst sie gefälligst in Frieden lassen!

Unter den Bäumen!

Scher dich zum Teufel, Blödmann!

Lass ihn doch in Ruhe!, hat Flo ihre Mutter angefahren. Er hat überhaupt nix getan! Spinnst wohl!

Hab ich mich lieber mal in die andre Ecke verdrückt, wos die Tabletts mit den Schinkenröllchen und der Coppa gab.

Noëlle stand hinterm Tresen, hat Gläser abgetrocknet und den Babybauch von Nicole angestiert. War furchtbar neidisch und hat extrem mürrisch geguckt.

Die kriegt n Kind!, hat sie gegrummelt.

Die dumme Kuh!

Hoffentlich wirds n fetter Spasti!

Schau dir das an, wie sie mit ihrem Bäuchlein posiert!

Ach, Schatz, jetzt hör aber auf!, hat ihr Mann gemeint.

Doumé musst mal eben in den Keller, Getränke und Eiswürfel holen. Seine Frau und Florence im selben Raum! Das Wasser is ihm bloß so runtergelaufen, und dann is Florence auch noch hin zu ihrer entfernten Cousine höheren Grades großväterlicherseits, Guten Tag sagen. Scheiße, verdammte Scheiße, hat er sich wohl gedacht, was macht sie denn da, die dämliche Nuss, wie er geschwind in den Keller gefetzt is.

Noëlle hat Florence rechts und links n Küsschen gegeben und dann gleich angefangen, über die Braut zu lästern, was fürn albernes Kleid, so was kann man doch nicht tragen, wenn man schwanger is, da muss man halt n weites Kleid nehmen, sich vielleicht n Tuch umhängen und nen originellen Hut aufsetzen, wenn man schwanger is! Also echt, is ja widerlich, dazu noch diese fürchterlichen Schuhe! Dabei hat die wahrscheinlich Geld wie Heu, hätt sie sich mal beraten lassen, Geld schützt eben nicht vor schlechtem Geschmack! Schau sie dir an, sieht wirklich aus wie n Blumenkohl, wie n Blumenkohl mit nem Haarknoten!

Und wie sie so Florence die Ohren vollgelabert hat, hat

sie auch ihre Nase ins Dekolleté von ihrer zwölf Jahre jüngeren Cousine gesteckt. Dein Busen is n bisschen größer geworden, oder?, hat sie gemeint, und die Kleine hat gesagt, äh … nö, glaub nich, aber Noëlle war nich recht zufrieden mit dieser Antwort, hat nicht lockergelassen, doch, hat sie gesagt, ich bin doch nich blind, der Busen ist größer als sonst, und um zu überprüfen, obs auch stimmt, hat sie mal hingelangt, tüchtig hingelangt, und garantiert festgestellt, dass die Brüste von Florence megadrall waren, und du hast da auch n paar Pickelchen auf der Stirn, hat sie gesagt, das is ja ganz was Neues, hast noch nie Pickel gehabt! Das wird doch nich n Hormonschub sein? Und soll die schlabbrige Bluse vielleicht das Bäuchlein verdecken? Wirst doch nich etwa n Braten in der Röhre haben? Sieht nämlich ganz danach aus! Florence war offensichtlich schwanger! Ja! Alle Frauen wurden schwanger, bloß sie nicht! War anscheinend ihr Schicksal! Brauchst mich gar nich anzulügen, brauchst nich versuchen, mich zu verschaukeln, hab n Riecher für so was, so was riech ich drei Meilen gegen den Wind! Also wievielte Woche? Neunte, zehnte? Hast überhaupt vor, das Kind zu behalten? Und wer is denn der Vater, hm? Na los, spucks aus! Ich fress dich nicht, von wem isses? Und hast dus schon deiner Mutter gesagt? Hast dus ihr schon beigebracht? Nein? Na, da wirds was geben, wenn sies erfährt, da kannst du dich auf was gefasst machen, ich kenn deine Mutter, der brennen sämtliche Sicherungen durch! Das kann ich dir jetzt schon sagen! Wie alt bist du eigentlich? Sechzehn? Schockschwerenot, auch noch minderjährig! Da möcht ich nich an deiner Stelle sein, wenn dus deiner Mutter beichten musst, aber noch n guten Rat, lass dich mal nich so volllaufen, sonst wird dein kleiner Scheißer noch so n Spasti wie Antoine!

Musst mir gar keine guten Ratschläge geben!, hat die Kleine gesagt.

Wo du selber überhaupt keine Kinder kriegen kannst!, hat sie gefaucht.

Hat sich aufm Absatz umgedreht und is schnell weggerannt, in den Keller, zu ihrem Liebsten. Hatte sich die ganze Zeit zusammengerissen, aber wie sie dann die Treppen runtergelaufen is, is sie in Tränen ausgebrochen. Doumé hat unten an ner Wand gelehnt und ne Zigarette geraucht. Hat n Gesicht gemacht wie n Sträfling! Die Kleine hat sich ihm stürmisch in die Arme geworfen und ihm erzählt, was für ne Szene sich grade da oben abgespielt hat mit seiner Frau, so was Fieses, so ne hundsgemeine Giftspritze, ich frag mich, wie du das mit der jeden Tag aushältst! Is doch unser Kind, hat sie geschluchzt, is doch unser Kind, immer wieder! Und Doumé hat sie angefleht, halt bitte die Klappe, mein Gott, halt doch endlich die Klappe, verdammt, hat er geschrien, halts Maul! Weil die Kleine nämlich so beschwipst war und es so drunter und drüber gegangen is bei ihr mit den Hormonen, dass sie gar nich gemerkt hatte, dass Noëlle ihr nachgeschlichen war.

Die Muräne hatt sich unter ner Lampe aufgebaut, die da im Keller von der Decke gebaumelt hat, und ich hab auf der Treppe gehockt. War n super Platz. Hab alles gesehen, war wie im Kino, sogar besser noch, weil alles live und echt war, und ich hatt auch noch was zum Mampfen dabei. Yeah, hatt die Hosentaschen voller Wurst, hab mir richtig den Bauch vollgeschlagen auf der Hochzeit.

Ja, und dann? Ja, und dann? Wie dumm der Doumé aus der Wäsche geguckt hat! Hab gedacht, sein Gesicht löst sich gleich auf! Zerschmilzt wie Butter, urkomisch! Florence hat erst bloß Bahnhof verstanden, sag doch was, hat sie ihn angeschrien, wieso sagst du denn nix? Du musst doch zu mir halten, aber du hältst ja zu deiner Frau, der blöden Kuh, was solln das jetzt? Aber irgendwann hat sie nich mehr geschrien, sondern nur noch den Mund aufgesperrt und leise vor sich hin gemurmelt:

Ach, du Scheiße!

14

Florence hat in der Falle gesessen. Is eingesperrt worden! Durft überhaupt nich mehr raus. War gefangen wie n Vieh im Zoo.

Das Gefängnis war aufm Dachboden von der Hütte von Noëlle, mit Bergblick. Hatte ne schöne Aussicht, in der Hinsicht hat sie Glück gehabt. Außer mir hatt kein Schwein im Dorf ne Ahnung, wo sie hingezogen war! Keiner hat gewusst, dass sie bloß n paar Meter weiter gewohnt hat, genau dreihundertsechsundfünfzig Schritte vom Tante-Emma-Laden weg. Nich mal die alte Biancarelli hats gewusst, dass ihre Tochter nur nen Katzensprung entfernt is! Hat gedacht, die is bei Isabelle in den Alpen, zur Erholungskur im Grünen.

Isabelle is die Schwester von Noëlle. Hat nen Mann, Patrick, nen Zahnarzt mit verfaulten Zähnen und ner grässlichen Hautkrankheit, und zwei Kinder, Julien und Camille. Hat das Spiel mitgespielt, aber gar nich geschnallt, was ihre Schwester da eigentlich ausbrütet. War n echt ausgeklügelter Plan, mit ausgetüfteltem Ablauf, alle Achtung! Noëlle hatt alles genau ausgeheckt und eingefädelt, nix und niemand konnt sie aufhalten. Hab sie beobachtet, wie sie jeden Tag zur selben Zeit im Garten Kerzen angezündet und sich vor n Hühnerei gehockt hat. Hat geweint, aber gleichzeitig gelächelt und pausenlos vor sich hin geredet, mein Herr, mein Gott, ich danke dir, ein Wunder ist geschehen, Florence ist die Botin des Schicksals, ihr Bauch mein Schiff, mein Anker und Hafen, ich werd endlich ein Baby bekommen, ich werd endlich Mutter, nach so vielen Jahren des Wartens und des Hoffens, unfassbar! Hat ne Schnur um den Hals gehabt, da hing der Schlüssel für den Dachboden dran, damit er ihr ja nicht geklaut wird. Hat voll die Meise gehabt, die Muräne! Und mächtig Panik geschoben!

Hat die Leute sauber angeschmiert, vor allem die alte Biancarelli. Die is Noëlle mächtig aufn Leim gegangen! Noëlle hat nämlich zu ihr gesagt, hör mal, ich hab auf der Hochzeit von Yvan mit deiner Tochter geredet, die is stinksauer auf dich, das kann ich dir flüstern, die hat nen riesigen Groll auf dich, das hörst du jetzt wahrscheinlich nicht gern, aber man muss sie schon verstehen, sie weiß überhaupt nich, wer ihr Vater is, du hast ihr das nie erzählt, sie weiß nich mal, wie er heißt, so was muss man sich mal vorstellen, der Kleinen fehlt das innere Gleichgewicht, das is heftig, wenn man nich weiß, wer der eigene Vater is, wo er wohnt, wie er aussieht, das richtet so nen Schaden in nem Menschen an, dass der sich gar nich mehr zurechtfindet im Leben! Also ich will ja nich die Pferde scheu machen, aber ich glaub, Florence gerät da grade auf die schiefe Bahn, ich sags dir ehrlich, du musst was unternehmen, kannst jetzt nich die Hände in den Schoß legen, deine Tochter is dabei, komplett abzustürzen, die geht an ihrem gebrochenen Herzen zugrunde, das hat sie mir gesagt, was meinst du denn, wie sie ihren Schmerz betäubt? Hä, was meinst du? Na, indem sie alles mögliche Zeug schluckt! Wo sie das Zeug herkriegt? Du machst hoffentlich Witze! Ausm Paradise natürlich, vom

Russen, was denkstn du! Ach so, du weißt gar nicht, dass deine Tochter nachts ständig von zu Hause abhaut, in die Disko rennt und Drogen nimmt! Sie hascht, aber das erzählt sie dir natürlich nicht! Sie braucht jetzt unsere Hilfe. Sie will kämpfen, hat sie mir gesagt, sich ausm Sumpf ziehen, aber sie schaffts nicht allein, sie braucht uns! Als Erstes muss sie mal raus ausm Dorf, die braucht ne Luftveränderung, die erstickt hier! Sie braucht n stabiles Umfeld, feste Größen, ne harmonische Familie, wo sie zur Ruhe kommen kann, also hab ich mal die Initiative ergriffen und Isabelle angerufen, und hör zu, sie is einverstanden, bereit, Flo für n paar Monate unter ihre Fittiche zu nehmen, sie hat auch nen tollen Mann, Patrick, kennst ihn ja, der hat ne natürliche Autorität und bei dem gelten moralische Werte, der passt schon auf, dass Flo nich ständig mit irgendwelchen Idioten rumlungert, bei den zweien kommt sie ruck, zuck wieder auf die Beine, wirst sehen! Patrick hat gemeint, er kann ihr n Praktikum in seiner Praxis anbieten, dann hat sie noch ne Beschäftigung neben der Schule, also keine Sorge, sie will dorthin, ja, sie hat mich gebeten, mit dir übers Ganze zu reden, hat Angst gehabt, dirs selber zu sagen, man weiß ja nie, wie du reagierst, bist immer so gnadenlos streng, hättest mal sehen sollen, wie verzweifelt sie war und was für n kaputtes Zeug sie gefaselt hat, das war n Hilferuf, n Hilfeschrei, hat mir im Herzen wehgetan, sechzehn Jahre und schon so am Ende! Sie is eigentlich so hübsch und nett, wenn wir jetzt nix unternehmen, hinterher isses zu spät, weißt du, nicht dass sie wieder ne Dummheit begeht! Ihr Badeausflug neulich, glaubst du vielleicht, den hat sie so zum Spaß gemacht oder weil sie vor Antoine weggelaufen is? Pustekuchen! Sie wollt sich ertränken, sie hats zugegeben, mein Gott, wie traurig! Wir müssen uns echt um sie kümmern, also hab ich weiter überlegt, wie ich sonst noch helfen kann, euch unter die Arme greifen kann, und bin zu dem Schluss gekommen, ich zahl den Flug, also das is ja wohl das Mindeste, und bleibt ja alles in der Familie, mach dir deswegen keine Sorgen, vielleicht noch n letzter Punkt, ich bring sie zum Flughafen, is besser so, dann fällt der Abschied nich so schwer, hat auch Flo gemeint, es gibt nen Flug morgen um achtzehn Uhr dreißig, ne Stunde später is sie dort, geht ratzfatz, Patrick holt sie ab, das wird wirklich das Beste sein, glaub mir!

Danach war die alte Biancarelli fix und foxi! Hätt sie mitm Löffel aufklauben können. Hat heulend in ihrem Sessel gesessen und sich nich mal mehr die Nase geputzt! Is ihr der Rotz den Hals runter auf die Bluse gelaufen. Hat ne gute Schau abgezogen, Noëlle, muss man schon sagen.

Am nächsten Tag hat Florence ihren Koffer gepackt und so getan wie ne Drogensüchtige, die zur Entziehungskur in die Alpen fährt. Aber in Wirklichkeit is sie bloß dreihundertsechsundfünfzig Schritte weit gelatscht! Wie sie ihre Mutter vor der Tür vom Tante-Emma-Laden in den Arm genommen hat, hat sie ne Weile geweint, richtig heftig geweint. Hat ihr Sachen ins Ohr geflüstert, hab aber nix verstanden. War zu weit weg und kann keine Lippen lesen. War jedenfalls n Abschied für immer, danach haben die zwei sich nie mehr wiedergesehen.

Weil Florence dann gestorben is!, sag ich zu meinem Stuhlbein.

Vorher hat sie noch den Termin in Marseille abgeblasen, wo man ihr das Baby hätte wegmachen sollen. Hat sich lieber auf das Geschäft mit Noëlle eingelassen, die zu ihr gesagt hat, ich hab dir nen Vorschlag zu machen, ich red nich lang um den heißen Brei rum, hör gut zu und denk drüber nach, was du davon hast und was du zu verlieren hast, alles hat seine Vor- und Nachteile, also ich kann mir vorstellen, dass du nich sonderlich scharf drauf bist, dass deine Mutter erfährt, dass du schwanger bist, stimmts? Weil erstens machst du ihr Schande und zweitens musst du ihr auf die Nase binden, wer der Vater is, und wenn dus ihr nich auf die Nase bindest, mach ich das, das versprech ich dir, seh dich schon lebhaft vor mir, wie dus ihr erzählst, äh also Mama äh weißt du äh der Vater von dem Baby is äh der Mann von Noëlle, nö, da hast du keinen Bock drauf, hm? Hast wahrscheinlich auch keinen Bock drauf, dass du im ganzen Dorf als das Flittchen vom Dienst verschrien bist und keiner mehr mit dir redet, übrigens denk ich mir, dass deine Mutter bestimmt was gegen die Abtreibung haben wird, is nämlich von der alten Schule, deine Mama! War ne verzwickte Geschichte mit deinem Papa, wie sie dich gekriegt hat, weißt du, ja, ich hab deinen Papa gekannt, hab ich dir das nie gesagt? Hab mich n paarmal mit ihm unterhalten, kann mich noch gut erinnern, er war ... na ja, is jetzt eigentlich nich mein Job, dir das beizubringen, aber wenn du mit mir zusammenarbeitest ... verrat ich dir vielleicht, wer dein Vater is. Florence, hör zu, du weißt, dass ich unbedingt n Kind haben wollt, das hat aber nicht geklappt. Und du, meine Liebe, bist verliebt, wahnsinnig verliebt sogar. Also du kannst Doumé haben! Ich überlass ihn dir, nimm ihn, er gehört dir, werdet zusammen glücklich, verschwindet von hier, zieht nach Paris, er hat Verwandte dort, du kriegst meinen Mann und ich dein Kind, eine Hand wäscht die andere, ich muss Doumé nämlich schon vor die Tür setzen, von allein geht der nicht, Schätzchen, ich kenn ihn genau, der verdrückt sich bloß, wenn man ihn rausschmeißt, is so n Nesthocker, dein Süßer, da muss man nachhelfen, sonst ergeht er sich wieder in Entschuldigungen, und am Ende verzeih ich ihm … Ach, glaubst du mir nicht! Was denkst du eigentlich, wem die Wirtschaft gehört? Von wem das ganze Vermögen is? Von mir! Dominique spielt den Chef und tut so, als ob er hier die Hosen anhätt, juckt mich nich, aber in Wirklichkeit hab ich die Hosen an! Hat noch nie was zustande gebracht, außer deinem Spastifreund sein Grundstück abzuluchsen, das is die traurige Wahrheit, keine Ahnung, warum ich ihm immer verzeih, warum ihm alle immer verzeihen, hängt wahrscheinlich irgendwie mit seinen Augen und seinem Lächeln zusammen, man mag ihn einfach! Also das is mein Vorschlag, ich werf ihn raus, sag ihm, dass ich mich scheiden lassen will und er sich zum Teufel scheren soll, und wenn er Faxen macht, hol ich meinen Bruder, der hält ihm mal kurz sein Gewehr unter die Nase, dann schiebt er schon ab, cheerio bye bye, auf Nimmerwiedersehen, ich zahl ihm n One-Way-Ticket nach Paris, er findet da bestimmt ne Stelle als Kellner, gibt ja jede Menge Bars dort, und du, meine Liebe, bleibst erst mal hier, bis das Baby auf der Welt is, ich werd mich um dich kümmern, dich verwöhnen wie ne Königin, leckere Sachen für dich kochen, und wenn das Kind da is, fährst du zu deinem Liebling, wohnst mit ihm zusammen und studierst an der Uni … Bist glücklich und zufrieden mit ihm bis ans Ende deiner Tage und kriegst auch noch nen dicken Scheck von mir! Hunderttausend, geschenkt! Darfst bloß niemandem was davon erzählen, vor allem nich Dominique, und mit deiner Mutter werd ich schon fertig, weiß schon, wie ich mit ihr reden muss.

Die Kleine is auf den Deal eingestiegen und hat für nen Batzen Geld und nen Taugenix ihr Kind verscherbelt. Weil sie echt wahnsinnig verliebt war. War ihr egal, ob Doumé an sich n Scheißtyp war, ob er die Hosen anhatte oder nich, und dass er alle angelogen hatte, um gut dazustehen.

Wär sie nicht drauf eingestiegen, wär sie jetzt noch am Leben, und ich wär nicht im Gefängnis gelandet!

15

Florence durft bloß noch nachts raus, für drei Minuten, und musst sich immer ne karierte Decke übern Kopf ziehen. Sah wie ne wandelnde Vogelscheuche aus. Konnt sich nich vom Acker machen, weil sie ja die Vereinbarung mit Noëlle hatte. Hat sich geschwind im Garten die Beine vertreten und is dann wieder husch ins Häuschen! Flo hat alles getan, was Noëlle gesagt hat, Noëlle war der Boss!

Die Muräne hat nen Burschen aus der Nachbarschaft angeheuert, der die Wirtschaft geschmissen hat, und sie hat Florence betreut, rund um die Uhr. Hat im Dorf erzählt, dass sie wegen der Trennung von Doumé mit den Nerven fertig is und Urlaub braucht. Die andern haben gemeint, richtig so, musst ja auch mal an dich denken. Jeder hat das Gefühl gehabt, dass es ihr viel besser geht, seitdem ihr Mann weg is, dass sie nen jüngeren und fröhlicheren Eindruck macht und n angenehmerer Mensch is. Aber in Wirklichkeit war sie ne Foltermagd, ne Nazibraut, das hat mir Florence geflüstert.

Musst jetzt auf ne große Pinie klettern, wenn ich mit ihr reden wollt, war nich so praktisch wie der Feigenbaum, eindeutig anstrengender und gefährlicher. War nix, was man jeden Tag macht! Aber wenn ich mal oben war, is die Kleine ans Fenster gekommen und hat drüber gemunkelt, was da so los is bei ihr drinnen. Ganz leise, weil: Wehe, die Muräne wacht auf!

Am Anfang war noch alles okay, hat Flo gesagt, is sie umsorgt worden wie ne Prinzessin, aber mit der Zeit hat sie immer weniger gedurft, und irgendwann hatte sie gar nix mehr zu melden, zum Beispiel musst sie ständig riesige Portionen essen, auch wenn sie überhaupt keinen Hunger hatt, außerdem hat das Zeug, das Noëlle ihr vorgesetzt hat, null geschmeckt, die hat quasi bloß fürs Baby gekocht, Florence wollt aber Pommes frites, Bonbons, den Kastanienkuchen von ihrer Mutter und auch mal Whisky-Cola, wie früher, da is Noëlle komplett ausgerastet und hat damit gedroht, dass sie die ganze Geschichte ausplaudert und Flo nich zu Doumé lässt! War nich mehr auszuhalten, Noëlle hat Flo pausenlos kontrolliert, genau aufgepasst, was sie trinkt, wie viele Liter pro Tag, und wie oft sie aufs Klo geht! Hat Buch drüber geführt und am laufenden Band gefragt, ob ihr irgendwas wehtut und ob sie irgendwelche Veränderungen spürt, Flo musst immer alles beschreiben! Und dann sollt sie sich dauernd hinlegen und ausruhen, obwohl sie gar nich müde war, möglichst wenig Bewegung, war die Losung, unnötige Anstrengungen vermeiden, als ob sie irgendne schlimme Krankheit gehabt hätt! Und jeden Morgen und jeden Abend wurd sie warm gebadet, mit milder Seife gewaschen von Noëlle, die ihr mitm Waschlappen die Schultern geschrubbt und mit nem sanften Lächeln den Bauch gestreichelt hat. Hat ununterbrochen von dem Baby gefaselt, hatte sogar schon zwei Namen gefunden, Livia, wenns n Mädchen wird, und Olivier für nen Jungen, nö, wollt nich wissen, was es wird, sollt ne Überraschung werden! Flo war völlig fertig, wollt nur noch das Kind kriegen, und dann nix wie weg! N klein wenig entspannt, hat sie gemeint, hab ich mich bloß einmal, wie wir wegen dem ersten Ultraschall nach Marseille gefahren sind, da hab ich n Eis bekommen, zwei Kugeln in der Waffel, Zartbitter und Haselnuss, hab ich mir aussuchen dürfen, in letzter Zeit mach ich mir auch Sorgen, weil ich das Gefühl nich loswerd, dass Noëlle neidisch is, nich nur auf meinen Bauch, sondern auch auf meinen Busen, neulich hat sie so nen Test gemacht, hat da voll rumgeknetet, bei mir und auch bei ihr selber, war anscheinend kein Vergleich, sie hat nämlich so traurig geguckt dabei und is dann auf einmal voll aggressiv geworden! Und in einer Tour legt sie mir die Hand aufn Bauch, damit sie nich verpasst, wenns Baby mir nen Fußtritt verpasst, sülzt die ganze Zeit rum, hier is Mama, hier is Mama, während ich mich in nen breiten Sessel lümmel und zu Tode langweil, streicht schon das Zimmer für das Kleine und hört dazu Radio, wenn *Laura* von Johnny Hallyday läuft, legt sie ne Pause ein, dreht volle Kanne auf und grölt mit, singt aber nich Oh Laura, sondern Oh Livia. Und vorm Schlafengehen kämmt sie mich immer mit ner eisenharten Bürste, behauptet, das is, damit die Haare schön glänzen, schneidet aber voll hässliche Fratzen beim Frisieren, das sieht man im Spiegel! Wird immer abgefahrener das Ganze, und je abgefahrener es wird, desto öfter geh ich kotzen, desto öfter sag ich zu ihr, dass ich mich nich wohlfühl, mich mal hinlegen muss, solche Hitzewallungen oder Krämpfe hab. Jetzt guckt sie mich gar nich mehr an, wenn sie mit mir redet, redet bloß noch mit meinem Bauch, als wär ich gar nich da, als würd ich überhaupt nich existieren, bloß noch aus meinem Bauch bestehen, ich steh kurz vorm Nervenzusammenbruch, bin reif für die Insel, Noëlle gehört in die Klapsmühle, macht mir

Angst, warum zum Teufel hab ich mich auf die Sache eingelassen, das is doch heller Wahnsinn, ich will lieber zu meiner Mutter, und von Doumé hör ich auch überhaupt nix, ohne Doumé halt ich das nich mehr lang durch, aber was soll ich schon machen? Sie war da aufm Dachboden eingesperrt, durft inzwischen nich mehr abtreiben, gab keinen Weg mehr zurück! Hat wie ne Ratte in der Falle gesessen, die Kleine!

Hat leise vor sich hingeweint. Is mir was eingefallen, wie ich sie trösten könnt. Hab die Hufe geschwungen, bin zur Telefonzelle gefetzt und hab den blöden Doumé angerufen, der mittlerweile in Scheiß-Paris war. Danach bin ich fix wieder aufn Baum geklettert und hab Florence berichtet: Hat sich schon gut eingelebt, ne kleine Wohnung aufgetrieben, ja, direkt unterm Dach, nö, nich im Quartier Latin, und hat auch schon nen Job gefunden, nen guten Job, in ner Bar, ner coolen Bar, in ner spitzenmäßigen Lage, Rue du Faubourg Montmartre, gleich da beim Palace, das is ne Disko, die Disko überhaupt, nö, nich als Kellner, er is richtig der Chef, ja, geht ihm gut, er amüsiert sich prima, genießt die Freiheit, er lässt dich schön grüßen, logisch, mit Küsschen, hoffentlich is die Operation gut gegangen, hat er gesagt, und tut ihm leid, dass er nich wie versprochen dabei war.

Erst hat die Kleine noch gelächelt, aber je länger ich geredet hab, desto finsterer is ihr Gesichtsausdruck geworden. Wie ich erzählt hab, dass er in der kleinen Wohnung unterm Dach bei Mona eingezogen is und Mona seine neue Flamme is, hat sie mitten aufn Teppich gekübelt. Wollt noch was sagen, die Kleine, aber hat so geweint, dass man gar nix mehr verstanden hat von dem, was sie gesagt hat. Ich hatt noch nie jemanden so weinen sehen.

Nach drei Stunden und zehn Minuten hat sie wieder sprechen können. Hat geguckt wie ne Eule und war auf einmal ganz ruhig, als wär sie schon halb eingeschlafen. Hat verkündet, dass sie nen wichtigen Auftrag hat und mich einweihen muss. Hat Whisky, Cola, Canistrelli und Magic gebraucht. Sollt ich ihr bringen!

16

War Montag, der 29. Dezember 1986, wie ich die Pinie raufgeklettert bin und Florence den Whisky, die Cola, das Gebäck und meinen Freund Magic gebracht hab. Hab die Kleine gar nicht gleich erkannt. Hab mir so nen Ast gelacht, dass der ganze Baum gewackelt hat, konnt mich gar nich mehr einkriegen, Himmel, Arsch und Zwirn! Hat nen Glatzkopf gehabt, die Kleine!

Bist ja kahl wie n Ei!

Hat echt komplett anders ausgesehen mit der neuen Frisur. Wie n Kieselstein. Dacht mir, fühlt sich bestimmt weich und warm an, ihr Dez. Flo konnt mir die Sache nich genau erklären, aber war mal wieder so ne Idee von Noëlle. Is mitten in der Nacht in ihr Zimmer rein, hat sie wachgerüttelt, ins Bad geschleift, aufn Hocker gepflanzt und ihr den Schädel rasiert, konnt die Haare von Flo nich mehr sehen, waren ihr zu lang, war sozusagen zum Wohle des Babys, die Maßnahme. Hat Flo danach die Rübe gestreichelt und gemeint, so, jetzt isses besser, viel besser. Natürlich hat Flo sich einfach rupfen lassen, ohne sich zu wehren, aber war ihr inzwischen schnurz, ob sie Haare aufm Kopf hatt oder nich, sie hatte nämlich nen Plan, und der musste unbedingt hinhauen, wollt nen Abgang machen, genau, hat dazu weder meine Hilfe noch ne Leiter gebraucht, hab sie noch gefragt, ob ich auch das

Richtige gebracht hab, und sie hat gesagt, ja, danke, genau das Richtige, keine Sorge wegen Magic, ich pass schon auf ihn auf, versprochen, ich schwörs, nö, kann ich dir nich sagen, wozu ich ihn brauch, auch nich, wann ich fahr und wohin, is besser, wenn dus nich weißt, nö, Quatsch, nach Paris fahr ich nich, das mit Doumé is aus und vorbei. Aber jetzt musst du mich allein lassen, hab keine Zeit zum Plaudern, muss noch was erledigen, schnell die Sachen verstecken, Noëlle kann jeden Moment kommen, und wenn sie das alles sieht, fällt mein Plan ins Wasser!

Take it easy, Antoine!

Hat mich strahlend angelächelt, mir ne Kusshand hingeworfen und das Fenster vor der Nase zugeknallt. Hab ihr noch hinterhergerufen, sie soll auf keinen Fall durchn Wald gehen, wenn sie ausreißt, sonst is sie tot, weiß ich aus meinen Träumen, ohne Scheiß, aber ich glaub, die Kleine hat meine Warnung nich mehr gehört! War unsere letzte Unterhaltung. Wie ich wieder runtergeklettert bin, lag da so n Büschel Haare von ihr am Boden. War anscheinend dort gelandet.

Hab mir das Büschel in die Tasche geschoben und vorgenommen, dass ich ihr den später zurückgeb. Haben gut nach Seife gerochen, die Haare, und waren so dick wie die von Tomasine. Durft die gern anfassen, die von Tomasine, und mit ihnen spielen. Meine Schwester hat mirs Zöpfeflechten beigebracht. Immer wenn ich einen fertig hatt, hat sie n Band rumgewickelt.

Weils hübsch aussieht, n Zopf mit nem Band rum!, sag ich zu meinem Stuhlbein.

Hat immer schick ausgeschaut, meine Schwester, wie n Pferd. Pferde haben ja auch solche Frisuren. Hab sie letztes Jahr zu ihrem Geburtstag angerufen. Das heißt, es war nich genau ihr Geburtstag, sondern sie war ungefähr dreiundsechzig Jahre und zwei Monate alt, wie ich angerufen hab. Hat jetzt ne neue Wohnung, weit weg von Paris, vierhundertvierundzwanzig Komma sieben Kilometer weit weg.

In Clermont-Ferrand!

Hab den Ort auf der Landkarte gesucht und im Lexikon nachgeschlagen. Liegt in der Auvergne, ziemlich in der Mitte von Frankreich. Tomasine hat am Telefon gesagt, dass sie nich mehr tanzt, dass sie zu alt dafür is, dass sie alle möglichen Berufe ausprobiert hat, Kassiererin, Kellnerin, Platzanweiserin im Theater, Garderobiere, Garderobiere hat ihr gut gefallen, sie war auch mal Sekretärin in nem riesigen Unternehmen, hat in ner Bäckerei gearbeitet, in ner chemischen Reinigung, im Blumenladen, in zwei Nachtlokalen und in ner Zahnarztpraxis, hat aber auch gesungen, hat nie mit dem Singen aufgehört, hat auf Hochzeiten, Dorffesten, Trödelmärkten, in Kneipen, Altenheimen und auf der Straße gesungen, wollt den Menschen immer ne Freude machen, das hat sie angetrieben, ihr ganzes Leben, das war so in ihr drin, kam so aus ihr raus, war n echtes Naturtalent, manche Leute haben angefangen zu weinen, wenn sie sie singen gehört haben, hat sie erzählt, ach, und Jessy heißt sie schon lang nich mehr, hat wieder ihren richtigen Namen angenommen, logisch, Jessy war bloß n Künstlername, mal wieder so ne bescheuerte Idee von ihrem bekloppten Manager, war wirklich n sagenhafter Trottel, hat ihr quasi die ganze Karriere vermasselt, so ne Pfeife! Zum Glück hat sie dann Thierry kennengelernt, n total lieber Kerl, n Kavalier, n Gentleman, is Journalist bei ner kleinen Tageszeitung, schreibt für die Rubrik Vermischtes und liebt sie so, wie sie is, nich nur wegen dem Äußeren, hat noch genau gewusst, wie sie ihn das erste Mal gesehen hat, er war gleich tierisch verrückt nach ihr, hat sich erinnert, als wärs gestern gewesen, war bei nem Karaoke-Abend, sie hat n rotes Kleid mit Schlitz getragen, voll die Diva, und n Lied von Michel Polnareff gesungen, hat sie mir am Telefon vorgesungen, meine Schwester, war cool, *il était une fois, toi et moi* und so weiter! Hat bloß sie geredet die ganze Zeit, und zum Schluss hat sie mir gesagt, dass sie oft an mich gedacht hat, wie ich im Gefängnis war, hat sich entschuldigt, weil sie mich überhaupt nich besucht hat, und gemeint, ihr geht das nich ein, was ich dem armen Mädchen angetan hab, der kleinen Biancarelli. Is der reine Wahnsinn, hat sie gesagt, obwohl, tief in mir drin denk ich, dass du eigentlich unschuldig bist, aber du musst mich schon verstehen, war alles zu viel für mich, bin so empfindlich, so sensibel, so zartbesaitet, also entschuldige, entschuldige, mein lieber Bruder, verzeih mir, ich hab mal n Lied für dich geschrieben, weißt du, nur für dich, da gehts um n Kind, in dem Lied.

Und dann war auf einmal die Verbindung weg, wie immer, wenn wir telefoniert haben. Dabei wollt ich ihr doch noch erzählen, dass ich Florence in Wirklichkeit gar nich umgebracht hab, sondern bloß in meinen Albträumen. Dass ich für die Nacht vom einunddreißigsten Dezember sechsundachtzig aufn ersten Januar siebenundachtzig n absolut wasserdichtes Alibi hab, war nämlich zu Haus im Bett und hab geschlafen! Gibt bloß keinen Zeugen, der mich beim Schlafen beobachtet hat.

17

Hab so Bauchweh, is der Hammer! Aber irgendwann werd ich keine Magenkrämpfe mehr haben, bin ich kein Spasti mehr! Irgendwann wird man mich so sehen, wie ich wirklich bin, und mich bei meinem echten Namen nennen, Antoine Orsini! Ich werd hohes Ansehen genießen! Muss noch mehr büffeln, das Lexikon wälzen, wies Madame Madeleine mir gesagt hat, lauter komplizierte Wörter lernen, die die andern nich kennen, dann stehen sie da wie die Idioten und ich wie n Schlaukopf, und wenn die Wörter nich reichen: Leg ich sie um! Einen nachm andern, mit meiner abgesägten Schrotflinte, peng, peng, peng, so wies Florence gemacht hat!

Alle glauben ja, dass ich sie umgebracht hab, dass sie in das Wäldchen gegangen is und ich sie dort übern Haufen geballert hab. Aber ich wars nich! Hab gesehen, dass sie ganz blau angelaufen war, wie die blaue Katze. Bin dann aufgewacht, weil ich ausm Bett gefallen war. Hatt auch in die Hose gemacht, aber hab trotzdem die Hufe geschwungen und bin zu meinem Bruder gefetzt, mit der vollen Hose. Hab mit Händen und Füßen gegen die Tür gehämmert. Meine Birne hat geglüht, und ich hab gar keinen gescheiten Satz rausgebracht, man hätt mich fürn Trottel ausm Nachbardorf halten können! Florence! Im Wald! Blut!, hab ich gesabbelt und Pierre am Ärmel gezogen.

Is er mit mir in das Wäldchen gegangen, zum Nachgucken, und is ihm gleich schlecht geworden, wie er gesehen hat, wie die Kleine ausschaut! Hat er mich zur Sau gemacht. Voll zur Sau. Hat gezittert!

Was hastn da gemacht?

Ich hab gar nix gemacht!

Und das! Was isn das?

Das war ich nich!

Scheiße!

Hat die abgesägte Schrotflinte aufgehoben und sich damit in die Büsche geschlagen. Davor hat er mir noch gesagt, dass ich die Bullen rufen soll. Und:

Kein Wort drüber! Kein Wort! Kapiert?

Roger! Psst, hab ich gesagt, mitm Finger aufm Mund.

Hab getan, was er mir aufgetragen hat, bin zur Telefonzelle gedüst und hab die Polente angerufen. Die is dann gleich mit nem riesigen Pulk bei mir aufgetaucht. Haben die ganze Bude aufn Kopf gestellt und nen mordsmäßigen Saustall angerichtet. Haben sich meinen Schlüpfer gekrallt, die Schweinepriester! Den weißen Schlüpfer, mit den Tränen von Florence. Haben auch das Haarbüschel gefunden, das sie ruck, zuck in nem Plastikbeutel verstaut haben. Zum Glück haben sie Magic nich aufgespürt! Haben auch wissen wollen, ob ich irgendwo ne Pistole hab. Da hab ich n Finger aufn Mund gelegt.

Psst!, hab ich gemacht.

Mein Name is Hase, hab ich gesagt.

Haben sie mich gefesselt und mit Handschellen aufm Rücken abgeführt! Hatte echt Bammel. Hab schrecklich geweint. Is doch nich meine Schuld!, hab ich geplärrt, wie sie mich durchs Dorf getrieben haben. Ich wars nich! Hab ich auch beim Verhör dauernd gesagt. Is nich meine Schuld! Ich wars nich! Später beim Prozess hat mir der Richter jede Menge persönliche Fragen gestellt.

Welchen Beruf üben Sie aus?

Den gleichen Beruf wie mein Vater, hab ich gesagt.

Und welchen Beruf übt Ihr Vater aus?, hat er gefragt.

Gar keinen!, hab ich gemeint.

Hat sich natürlich auch erkundigt, ob ich Florence Biancarelli getötet hab. Ja, hab ich gesagt, ich habe Florence Biancarelli im Traum mit einer Keule erschlagen. Man darf ja nich lügen vor Gericht, so is das Gesetz. Der Richter hat aber die ganze Zeit nur von dem Gewehr geredet. Wollt unbedingt rauskriegen, wo das Gewehr is! Hab ich gesagt, dass ich keine Ahnung hab, hab kein Gewehr genommen! War ja auch mein Bruder, der sich damit ausm Staub gemacht hatt, und wo ers versteckt hatt, wusst ich wirklich nich, und wenn ichs gewusst hätt, wärs sowieso streng geheim gewesen. Hab zu meiner Verteidigung vorgebracht, dass ich nich ganz normal bin, sondern so was wie n korsischer Schamane, n Hexer, der schon vorher spitzkriegt, wenn einer stirbt, is quasi wie Hellsehen, hab ich gesagt, hat mir aber kein Mensch geglaubt! Hab echt wie der Schuldige dagestanden, wenn man sich die Aussagen von den andern angehört hat. Hätt mich auch in den Knast gesteckt, wenn ich der Richter gewesen wär.

Irgendwann hab ich aber meinen Rappel bekommen. Hab n Geschrei veranstaltet, obwohls geheißen hat, ich soll schweigen. Hab auf nicht schuldig plädiert!

Is nich meine Schuld!, hab ich gerufen. Ich wars nich!

Hab klipp und klar gesagt, dass ich unschuldig bin! Hab aber nich gleich Doumé die Schuld gegeben, war schließlich nich der Richter! Dacht mir nämlich, bestimmt wars er, die Arschgeige, wegen dem Kind und seiner unfruchtbaren Frau! Eigentlich hätts aber auch Noëlle gewesen sein können, weil Florence nich mehr gewollt hatt, dass sie das Baby bekommt! Und dass der Außerirdische vor Liebe durchgedreht war, war auch noch so ne Möglichkeit! Gab ganz schön viele Möglichkeiten.

Der Verteidiger hat gemeint, ich soll die Klappe halten, dann muss ich nich so lange sitzen. Hat Vorteile, wenn man n Spasti is, kriegt man nich so viel aufgebrummt.

Bin trotzdem fünfzehn Jahre eingefahren!, sag ich zu meinem Bein.

Fünfzehn Jahre sind ganz schön lang. Nie wieder! Jetzt wo Saguézé tot is, wär ich im Gefängnis wahrscheinlich wieder das Mädchen für alles. Is von paar Typen von ner anderen Mafiabande umgebracht worden, eine Woche bevor er rausgekommen wär! Die sind gleich zu viert angerückt, weil sie sonst hundertpro nich mit ihm fertiggeworden wären, bei seinen gewaltigen Muckis. Haben in der Dusche achtzehnmal auf ihn eingestochen! Is er verblutet, mein Kumpel. Jetzt kann er mich nich mehr verteidigen. Bin ganz allein.

Nehm mein Stuhlbein untern Arm und renn nach Haus, fetz wie n Irrer, damit mich ja keiner sieht, bin schon fast da, war total lang draußen, hab ewig mit meinem Stuhl gequatscht, die Siesta von den andern is langsam vorbei! Hätt vielleicht über Nacht am See bleiben sollen, jetzt kriechen die andern, die mich nich sehen sollen, wieder aus ihren Kojen und Schaukelstühlen, besuchen sich gegenseitig, trinken n Gläschen Wein miteinander oder nen Casanis, setzen sich in die Lauben und auf die hübschen Terrassen, futtern was, genießen den Sonnenuntergang, sind froh, dass es nich mehr so heiß is, lachen zusammen und zerreißen sich das Maul über mich. Die werden noch Augen machen, wenn ich irgendwann die fette Kohle hab und in meinem roten Ferrari durch die Gegend bretter, dann fahr ich vielleicht bis nach Japan oder sonst wohin und bin nich mehr der Spasti! Schau sicherheitshalber mal nach rechts, halt an, weil ich n Sauerstoffschock hab, versuch, wieder nen klaren Kopf zu kriegen, aber da gehts drunter und drüber, in meinem Kopf, und im Magen brennts, und auf einmal taucht der blöde Postbote von Vanina auf, Ange-Marie, mitm Gewehr in der Hand!

Weiß nich, was ich machen soll, mich trollen oder ganz cool bleiben. Ich warn dich, schreit mich Ange-Marie an, lass bloß Vanina und den Kleinen in Ruh, ich knall dich ab, wenn du den beiden noch mal zu nahekommst, du Scheißspasti, is mir egal, ob du n Spasti oder weiß der Geier was bist, kein Mensch will dich mehr hier sehen, gehst allen bloß noch auf die Nerven, bist n Nixnutz, gehörst ins Heim, zu den andern Gestörten, oder gleich runter ins Loch! Hast nich mal überlegt, ob du dich vielleicht umbringen sollst? Oder willst wieder zurück in den Knast? Mann, pust dir doch die Birne weg, damit endlich Schluss is, oder häng dich auf, hält keiner aus mit dir, ich warn dich, wenn du Vanina und dem Kleinen nur noch einmal zu nahkommst, jag ich dir ne Kugel durchn Kopf, ich schwörs dir, die Kugel geht genau hier durch, und dein Schädel fliegt in Stücke!

So hat er mit mir geredet, dieser blöde Ange-Marie, haben uns dabei Nase an Nase gegenübergestanden. Bloß weil ich meiner Frau Blumen gebracht hab! Blumen sind doch nich verboten, und ich hatts versprochen. Wollt auch mit dem Knirps ins Kino, ihm ne Freude machen und mal was allein unter Männern unternehmen, die Frau an der Kasse hätt uns umsonst reingelassen, versteh mich doch super mit ihr, aber der Postbote is halt so beknackt, der muss aufpassen, dass nich ich derjenige bin, der ihm das Hirn wegbläst, der jagt mir keine Angst ein, hab mich an seine Drohungen schon gewöhnt, hab aber trotzdem in die Hose gepinkelt, konnts nich mehr halten, der glaubt wohl, ich verlass meine Frau, weil er mitm Gewehr daherkommt! Ich stech den so ab, dass er sich in die Hosen scheißt!

Hab Bauchweh, kau auf meiner Spucke rum wie auf nem Kaugummi, spuck sie dann endlich aus, spuck mir vor die Füße, schau meine schwarzen Füße an, schau meine schwarzen Nägel an, sind fett und hässlich, meine Füße, muss an Vanina denken, krieg nich richtig Luft, mach die Tür von meiner Bude auf, mag nich wieder ins Gefängnis, mag nich mehr Mädchen für alles sein, hab Durst und die Hosen voll, bloß keine Panik, aber bitte nich mehr ins Gefängnis! Sperr mich in meiner Bude ein, dreh den Schlüssel rum, sodass keiner mehr reinkommt, so, is kein Platz mehr bei mir, die werden mich schon nich festnehmen, kriech aufm Boden wie n Soldat, werkel mit den Ellbogen, kriech, kriech in meinen Bau, mag nich mehr an Ange-Marie denken, muss aber trotzdem an ihn denken, krieg keine Luft, hab Durst, bloß keine Panik, kriech aufm Boden, kriech, versteck mich in meinem Bau, krieg keine Luft, hab Bauchweh, bloß keine Panik, schlag mit Händen und Füßen um mich, schrei, schrei, alles kracht runter, fällt mir aufn Deckel, krieg keine Luft, hab nen Krampf, Florence, krieg keine Luft, kann mich nich mehr rühren, nich mehr schreien, is so viel, was mir aufn Deckel kracht, die Zeitschriften, meine Matchbox-Autos, Platten, Bilder, Schachteln, Töpfe, Kannen, Büchsen, Koffer, Bücher, Eisenstangen, Schraubenschlüssel, Gummiteile, Gläser, die Bibel, Schrauben, Flaschen, der Wecker, mein Helm, Tassen, Schlüssel, Decken, Brillen, Blumen, Besen, Gabeln, Heizlüfter, Bürsten, Feuerzeuge, Ziegelsteine, Zinnsoldaten, Kopfkissen, Schemel, Laken, Blöcke, Taschenlampen, Latschen, Messer, ne Sackkarre, Körbe, Pfannen, Schaufeln, Stifte, ne Leiter, Kellen, Kämme, Feilen, Pinsel, Löffel, Latschen, Scheren, Deckel, Radios, Glühbirnen, Federn, Drähte, mein Lexikon, Fussel, Kerzen, Kartons, Becher, Reifen, Pinienzapfen, Sandalen, Aschenbecher, Radkappen, Lappen, Kassetten, Pfannen, Wurst, Pfeifen, Holzscheite, Feldflaschen, Bumerangs, Kisten, Beile, Matratzen, Würfel, Stöcke, Steine, Kalender, Murmeln, Kerne, Müll, mein Stuhlbein und Magic: Alles kracht mir aufn Schädel.

Ich mach die Augen zu. Riech den Oregano. Futter ne Feige. Schau ins Licht. Seh Madame Madeleine. Fetz los.

18

Die Trauergesellschaft sitzt an einem Tisch im Schatten einer Pergola, um die sich wilde, wurzeldicke Weinstöcke ranken. Man trinkt Roséwein, unter dem unaufhörlichen Summen der fleißigen, fetten tiefschwarzen Bienen, die Nektar aus den Blüten saugen. Die Frauen tragen leichte Kleider. Das Gespräch dreht sich um den Garten. Man hat sich nicht viel zu sagen.

Pierre guckt in die Landschaft. Die Berge stehen da wie Kathedralen. Antoine hatte immer wissen wollen, wie das Leben hinter diesen Bergen aussieht. Hat immer von einer Weltreise geträumt.

Als Kinder hatten sie Murmeln gespielt oder auf den Trampelpfaden gerauft. Waren mit den Hunden um die Wette gelaufen, bis zu den alten Olivenbäumen. Hatten Eier aus den Hühnerställen geklaut, um die Bauern zu ärgern. Waren über einen verrosteten Zaun zu Prince geklettert, so hieß ein stolzes Pferd. Antoine hat stundenlang seine weißen Nüstern gestreichelt. Bist ein schönes Viech, hat er zu ihm gesagt, groß und stark. Sie hatten beide den Geruch von Tieren, Stroh und Mist gemocht.

Sie waren zusammen im Kino gewesen. Hatten *Die Vögel* gesehen. Nach dem Krähenangriff hat Antoine gesagt, das blonde Mädchen bin ich.

Antoine hat mit Bäumen, Gegenständen und mit dem Himmel geredet. Er hatte eine schallende Lache. Er hat den Leuten gern Blumensträuße geschenkt. Den Leuten, die ihn als kleines Mädchen beschimpft haben, als ob ein Mädchen etwas Schlechtes wäre. Die Beleidigungen und Gemeinheiten sind im Lauf der Zeit immer gröber geworden. Pierre hat ihn dauernd in Schutz nehmen müssen.

Die Scham und die Wut waren unerträglich gewesen. Antoine und die anderen, das hat einfach nicht zusammengepasst. Jetzt braucht er sich nicht mehr zu verstecken. Er ist tot. Pierre schlendert durch das Pinienwäldchen. In dem er die Schrotflinte seines Bruders vergraben hat. Er bückt sich, hebt einen Pinienzapfen auf, knackt ihn, isst den Kern, weint. Lautlos. Unter dem rosa Himmel.

Antoines Wohnung war ein einziges Chaos gewesen. Der Gestank unerträglich. Pierre hatte sofort brechen müssen. Ratten huschten herum. Antoine hatte eingerollt dagelegen, in seiner kurzen gelben Hose, begraben unter einem Haufen Zeitschriften, Gerümpel und Matchbox-Autos. Wie lange lag er da schon? Umgeben von all dem ungeheuren Krimskrams, all dem sinnlosen Plunder. In dieser Höhle, diesem Sammelsurium. Wirklich Wahnsinn.

Pierre hatte radikal ausgemistet. Den ganzen Krempel weggeschmissen. Alles in einen Container geworfen. Den Wahnsinn ausgetrieben. Pierre hat mit einer Schutzmaske und mit Gummihandschuhen Ordnung geschaffen. Er hat nicht lange nachgedacht. Was man eventuell noch brauchen könnte. Alles ist entsorgt worden, auch Magic, das Diktiergerät, auf das Florence ihre letzten Worte gesprochen hatte, die Antoines Unschuld bezeugten.

Die Trauergesellschaft auf der Terrasse leert eine Flasche um die andere und unterhält sich über den Dorftrottel, der auf unfassbare Weise ums Leben gekommen ist. Davon wird man noch lange reden, Monate, Jahre. Wie über einen Gruselfilm. Man verzieht das Gesicht oder überlegt, ob man lachen soll.

Die Sonne geht langsam unter. Die alte Biancarelli sitzt in ihrem Sessel und atmet den Rauch ihrer Gitane aus. Sie spricht mit ihrer Tochter. Und fürchtet sich nachts vor dem Wind.

19

à m'asseoir sur un banc cinq minutes avec toi, et regarder
les gens tant qu'y en a, te parler du bon temps qu'est mort
et je m'en fous, te dire que les méchants c'est pas nous …

Das ist das Lied, von dem ich dir erzählt hab, das ständig im Radio läuft und bei dem ich jedes Mal weinen muss, wenn ichs hör, es erinnert mich irgendwie voll an dich, ich wollt es dir eigentlich noch aufnehmen, bevor ich Schluss mach … bitte entschuldige, ich hab mir deine kleine Schrotflinte geborgt, aber ich wusste nicht, wo ich sonst eine herkriege … kannst du meiner Mutter sagen, dass es mir leidtut und dass ich sie ganz fest drück, und weil du der Einzige bist, dem ich vertrauen kann, kannst du vielleicht auch die Katzen füttern und auf Gewitter aufpassen, du weißt, Gewitter ist eine ganz besondere Katze, sie braucht unglaublich viel Liebe.

Bei dem Lied handelt es sich um

Mistral gagnant
Text und Musik von Renaud Séchan
Warner Chappell Music France, 1985

Setz mich fünf Minuten mit dir auf eine Bank, und schau mir die ganzen Leut an, erzähl dir von vergangnen Zeiten, aber egal, sag dir, die Bösen sind doch nicht wir …